文春文庫

耳袋秘帖

白金南蛮娘殺人事件

風野真知雄

JN242417

文藝春秋

耳袋秘帖　白金南蛮娘《しろかねなんばんむすめ》殺人事件●目次

耳袋秘帖

白金《しろかね》南蛮《なんばん》娘《むすめ》殺人事件

この小説は当文庫のための書き下ろしです。

編集協力・メディアプレス
DTP制作・メディアタブレット

序章　金色の髪

一

日本橋の魚河岸裏にある飲み屋で、岡っ引きの辰五郎《たつごろう》と梅次《うめじ》が飲んでいる。

「どうだ、うまいだろう」

ヒラメの刺身を口に入れながら、辰五郎が言った。

「うまいです。やっぱり魚河岸の近くは違いますね」

すでに顔を赤くした梅次が言った。

「ところで、おめえ、その無精髭《ぶしょうひげ》はわざとかい？」

「ええ、まあ」

童顔の迫力のなさを補うため、このところうっすらと髭を生やしているのだ。

「無精髭は娘っ子に嫌われるぜ」

じっさいそうなのである。だから、江戸っ子は毛抜きで髭を抜く者が多い。

「いや、おいらはもてるより、早く一人前の岡っ引きになりたいんです」

梅次は俯《うつむ》いて、こぶしを握った。

「一人前にな」

「もっと手柄を立てないと」

「手柄は立ててるじゃねえか。根岸《ねぎし》さまもおめえのことは買ってるぜ」

「いやあ、その期待に応えるためにも、もっと手柄を立てないと」

「いい心掛けだ。だがな、一人前の岡っ引きと見做《みな》されるためには、手柄よりも大事なことがあるぜ」

「なんです？」

「信頼だよ。手柄より、信頼を得るのがいちばんんだ」

「信頼……？」

梅次は、なおさら童顔はまずいというように頬を撫《な》ぜた。

「たとえば、怪しい男が歩いているとするよな。いまにもろくでもないことをしでかしそうだ。後をつければ手柄を立てられそうだが、その前にやるべきことがあ

「一声かけるんだ。それも、気持ちがなごむようなことを言ってやる。それで、その怪しい男は、ろくでもないことをしないで済むかもしれねえ」

「やるべきこと？」

る」

「まあ、そうですが」

「悪事を働いたやつを捕まえるより、悪事をさせないようにすることのほうが大事なんだぞ。そういうことの積み重ねが、町の人の信頼を得ていき、それがまた、悪事を抑止することになるんだ」

「確かに……」

梅次は、納得した。このところ、焦《あせ》っていたかもしれない。辰五郎はそんな自分を見ていて、声をかけてくれたようだった。

「もう一本いくか？」

「ええ」

梅次がうなずいたとき——。

縄のれんを割って飛び込んで来た者がいた。

なんと、金色の髪をしている。大柄だが、若い女らしい。

「××××？」

女は大声でなにか言い、店のなかを見回すと、踵《きびす》を返していなくなった。

店にはしばらく沈黙が漂った。

「なんだ、ありゃ？」

客たちは皆、呆気に取られた。辰五郎と梅次も同様である。

「なにか、言ってたな？」

辰五郎が梅次に訊《き》いた。

「ええ。意味はわからなかったけど、誰か探しているふうでしたね」

「ずいぶん切羽詰まってたぞ」

辰五郎と梅次は、同時に立ち上がり、外へ飛び出した。

「親分。代金！」

後ろで店主が叫んだが、

「また戻ってくる！」

と叫び、入り組んだ魚河岸裏の道を右往左往しながら、さっきの女を探した。

ただ、ここらは細い道が交差していて、一つ角を曲がられると、すぐにわからなくなってしまう。

「見失ったか」

辰五郎が顔をしかめた。

「そうみたいですね」

「異人じゃなかったか？」

「おいらもそう思いました」

「江戸に異人がいるなんて、聞いたことないぞ」

「〈長崎屋〉に来てるのかもしれませんね」

と、梅次が手を叩いて言った。

「そうか」

異人宿で知られる長崎屋は、本石町《ほんごくちょう》にある。ここからもそう遠くない。

二人は長崎屋に行ってみることにした。

二

長崎屋は異人宿として知られるが、もとは輸入薬を扱う大きな薬種問屋である。

朝鮮人参などを扱ううちに、朝鮮通信使の一行を泊めたりするようになり、出島のカピタンの江戸参府の際の定宿にもなったらしい。

いまも宿屋を兼ねるが、長崎との伝手《つて》を利用して、薬種のほかにも砂糖などさまざまな物産を扱っている。

あるじは、代々源右衛門《げんえもん》を名乗る。

「おう、ごめんよ」

辰五郎が声をかけると、

「これは親分」

まだ若い当主の源右衛門が頭を下げた。ここにはもう何度も顔を出していて、辰五郎は顔なじみである。

「じつは、さっき金髪の異人らしき女を見かけてな」

「金髪？　異人の女？」

「もしかして、ここの泊り客かと思ったのさ」

「いやあ、違います」

源右衛門はすぐに手を振って否定した。

「異人？　いや、おりませんな」

「だが、ここ以外に異人なんかいるはずねえだろうよ」

「ですが、親分、いまはカピタンのご一行はお見えになっておりません。昔と違って、いまは長崎からカピタンが来られるのは、四年に一度になっているのです」

「四年に一度ねえ」

「次は、来年ですよ。しかも、カピタンご一行が来られるといっても異人さんはせいぜい三人か四人で、あとの大勢は皆、長崎のお役人か通詞《つうじ》の方たちですよ。もちろん、異人の女などは連れて来ておりません」

「そうなのか」

「なんなら、お部屋をご覧になりますか？」

あるじは二階を指差した。

――どうしようか？

と、辰五郎が迷ったとき、

「来ました、来ました」

番頭らしき男が、男の手を引いて入って来た。

「そっちだよ、そっち」

あるじが店の奥を指差した。

「早く、早く。止まりそうだよ」

「はいはい、いますぐ」

どうも帳場の裏のほうでなにか騒ぎが起きているらしい。

「なんだ、どうしたんだ？」

辰五郎が声をかけるが、

「あ、いや、お構いなく。たいしたことじゃないんです。ちょっと、すみません」

あるじは奥へ駆けこんで行く。

辰五郎と梅次は、番頭や手代に睨《にら》まれ、退散するしかない。

「なんかバタバタしてましたね」

梅次が外へ出てすぐに言った。

「ああ。止まりそうと言ってたが、心の臓のことか？　あそこには老いた爺さん婆さんもいるはずだぜ」

「いやあ、医者には見えなかったですがね」

「なんだったのかな」

気になるが、異人の女はもっと気になる。

また魚河岸のほうに戻って来ると、

「さっきの異人はなんだったのかな？」

などと言っている連中がいる。

「異人の女がいたのか？」

「ええ。一騒ぎして、舟で大川のほうに行っちまいました」

「あっちか」

辰五郎たちは、反対のほうへ追いかけてしまったらしい。

「女は怒っているみたいで、お侍がなだめすかしていましたぜ」

「侍が？　ほかに誰かいたかい？」

「ええ、舟にはあと二人ほど乗ってました」

「侍かい？」

「さあ、暗かったんでね」

「そうだな」

と、辰五郎はうなずいた。

「なんなんです、あれは、親分？」

魚河岸の若い衆が訊いた。

「いや、おれもわからねえ」

「たいした別嬪《べっぴん》でしたぜ。頭が金色に光って。まさか、観音さまの後光ってことはないですよね」

若い衆は暢気《のんき》な口調で言った。

三

そのころ――。

栗田《くりた》次郎左衛門《じろうざえもん》と坂巻弥三郎《さかまきやさぶろう》は、市中見廻りを終えて赤坂のほうから南町奉行所にもどる途中だった。

土橋《どばし》に差しかかったあたりである。

　坂巻がふいに立ち止まった。

「どうした？」

「なにか気配を感じないか？」

　坂巻は、耳を澄ますように、四方を眺めやった。

「気配？　曲者《くせもの》か？」

「わからん」

　ふだんの鷹揚《おうよう》な気配は消え、神経が鋼《はがね》のように鋭くなっているのが、端《はた》から見ていてもわかるほどである。

　栗田も刀に手を添えたまま、ゆっくり四方八方の気配を窺《うかが》った。

「いや、なにも感じないぞ」

「そうか」

　歩き出した。

　だが、坂巻はやっぱり感じるのだ。

　音なのか、あるいは匂いなのか。よくわからないが、なにかが隠れている。

　――あ。

　栗田は八丁堀でも一、二を争う剣の遣い手である。勘だって鈍いわけがない。

　その栗田が感じないで、自分だけが感じるということは……。

――おゆうがいるのか。

おゆうは腕利きのくノ一である。栗田に気づかせずに、自分にだけ存在を報《しら》せるくらいのことはやってのけるはずである。

「栗田、ちょっと」

坂巻は立ち止まった。

「どうした？」

「じつは、そっちに大好きな菓子を売っている店がある。買って帰りたいので、先に行ってくれ」

「こんな遅くまでやってるのか？」

栗田は不思議そうな顔をしたが、なにか疑うようすもなく立ち去って行った。

坂巻は、角を曲がるとすぐ立ち止まった。

耳を澄ましていると、さわさわと着物が擦《す》れるような音がした。それから、かすかにいい匂いがした。懐かしい匂いだった。

前方から影が現われ、坂巻の前に立った。

「おゆうさん」

「ご無沙汰して申し訳ありません」

「会いたかった」

どれほど仕事を放り出し、浪人してでも探しに行こうかと迷ったことか。

抱き締め、唇を合わせた。

おゆうはそのまま溶けかけると思えたが、

「いまはいけません」

と、身をよじった。

「いま、なにをしてるのです？」

「のっぴきならないことに関わってしまいました」

「なんです、それは？」

「いまはまだ。ただ、坂巻さまはこれをご存じないでしょうか？」

おゆうは、紙を一枚、坂巻に見せた。

それには大きく、文字のような、図案のようなものが描かれてある。


「わからない。なんです？」

「わたしもわからないのです」

「調べましょう。預からせてください」

紙をたもとに入れた。

「よろしいのですか？」

「もちろんだ。おゆうさんのためなら、なんだってやる」

「ありがとうございます」

おゆうの目が潤《うる》んだ。

「いま、どこに？」

「まだ品川あたりに」

「わかったら、どうする？」

「近いうち伺います」

「おゆうさん」

「では」

止める間もない。

おゆうはふたたび、闇のなかに消えて行った。

第一章　やろかつ

一

南町奉行・根岸肥前守鎮衛《ひぜんのかみやすもり》は、まだ朝飯の途中だったのだが――。

「お奉行。珍しい男が来ました」

そう言って栗田が連れて来たのは、よいしょの久助《きゅうすけ》だった。渋谷宮益町《みやますちょう》の岡っ引きで、町方の調べを手伝う傍ら幇間《たいこもち》をしているという変わり種である。

「よう、久しぶりではないか」

根岸は嬉しげに声をかけた。

「ご無沙汰いたしまして」

「お座敷のほうも忙しいのだろう」

「申し訳ありません。捕物のお役にも立つのではないかと思うと、断わり切れずにおります」

「それは役に立つだろうな」

酔った席で気を許して語る言葉には、驚くような悪事や野心の端っこがひらひらする。久助はそれを書き留めておき、なにかのときには大いに参考にする。

「それで、ぜひ根岸さまのお耳に入れたい話がございまして」

「うむ。申せ」

こんな早くから訪ねて来たのである。よほど大事な話なのだろう。

「あっしの縄張りではないんですが、この半月ほどの間に、渋谷の南にある白金《しろかね》あたりで、若い娘が相次いでいなくなっているんです」

「それは聞き捨てならぬ話だな」

「あっしが聞いた限りでは四人」

「四人もな」

「歳は十六から十八までですが、いずれも庄屋とか大店《おおだな》とか、あのあたりでは裕福で知られる家の娘ばかりなんです」

「なるほど」

と、根岸はうなずいた。久助は、その裕福な者たちが出入りする麻布《あざぶ》あたりの料亭で聞き込んだのだろうが、それにしても、半月も根岸の耳に入って来なかったのは解《げ》せない。

「だが、なぜ、いままでわしの耳に入って来なかったのだろうな？」

根岸が首をかしげると、町回り担当である栗田が、申し訳なさそうに肩をすくめた。

「いや、あっしも変だと思いました」

と、久助が言った。

「白金あたりの岡っ引きは？」

「八十八《やそはち》親分というのが仕切っていまして」

「ああ、あいつか」

やくざではないが、そっちに近い。岡っ引きはどうしてもその手の人間が多くなる。悪党相手に渡り合うなどというのは、気の弱い善良な人間にはできることではない。町方の仕事では、どうしても蛇の道はヘビというところがあり、そうした人間をいちがいに切り捨てるわけにはいかない。

そもそも根岸だって、そっちに近い男だったのである。

「あのあたりで遺体が見つかったとかいう話は？」

と、根岸は訊いた。

「まだ出ておりません」

久助が答えた。

「身代金目当てのかどわかしかな？」

「身代金がどうのという話も来ていないようです」

「だが、娘たちの家はいずれも裕福なんだろう？」

「そうなんですよ。あっしも聞いたときはすぐ、身代金目当てだろうと思ったんですが……」

「いなくなった者同士になにかつながりは？」

「まだ、わかりません」

「それはじつに心配だな」

と、根岸は栗田を見て、

「坂巻といっしょに、調べを進めてくれ」

二

栗田と坂巻は、すぐに白金へとやって来た。

報せて来た久助は、地元の岡っ引きの八十八に遠慮をして来ていない。よほど苦手な相手らしい。ただし、もしも人手がいるようになったら、いつでも駆けつけて来ることになっている。

このあたりは、かつては白銀と書いたらしい。銀を採掘していたからだとか、白金長者と呼ばれた人がいたとか言われるが、定かではない。

白金の読みはしばしば間違えられるが、「しろかね」と濁らない。「しろがね」と濁るのは牛込白銀町のほうで、字も「金」と「銀」の区別がある。

この当時、土地の多くは大名の下屋敷になっている。それと寺社地がいくつか。町人地は、白金台町《だいまち》が一丁目から十一丁目まで、白金大通りに沿って長々とつづいている。ほかに白金村の田畑が低地の川沿いに残っていた。

白金大通りを西に行けば、人気の行楽地である目黒に出る。そのため、通りは物見遊山《ゆさん》の客が多かった。

まずは、白金村の庄屋の家を訪ねた。

小川のほとりにあって、屋根こそ茅葺《かやぶ》きだが、豪壮ぶりは大身《たいしん》の旗本もかなわないというような屋敷である。

「われらは町方の者だがな」

と栗田が名乗ると、

「町方のお役人さま……」

庄屋は顔を強張《こわば》らせた。

「娘がいなくなっているそうだな？」

栗田が訊いた。

「あ……」

「なぜ、報せぬ？」

「あいすみません。もしもかどわかしであれば、町方に報せると娘の命を取られるかもしれないと思いまして。地元の親分とも相談した結果、そうしようということになりました」

「かどわかしだとわかったのか？　なにか、事故のようなことかもしれないだろうよ」

「それはそうですが」

「いなくなった娘のことを訊きたい」

「はい。名をおつねと言いまして、上杉さまのお屋敷に行儀見習いに入ることになっていたのですが、近くの親戚の家に行った帰りにいなくなりました。十日ほど前の午後のことです」

「上杉家には報せたのかい？」

「いや、まだです。入るのはひと月後ですので、それまでにもどるかもしれませんし」

「思い当たることは？」

「まったくありません」

「ほかに三人がいなくなっているらしいな」

「三人もですか。うちの遠縁である弥兵衛《やへえ》という者の娘もいなくなったとは聞いたのですが」

「その弥兵衛の娘とおつねは、親しかったのかい？」

「いやあ、親戚ですので、何度か会ってはいますが、いっしょに遊んだりということはなかったと思います」

「同じ年ごろだったんだろう？」

「はい。そういえばなにかの稽古ごとがいっしょだったとは言ってたかもしれません」

「稽古ごと？」

「いろいろやっていたので、よくわからないのですよ」

「いなくなったあと、誰かから連絡は？」

「ありません」

「どこでいなくなったかわかるか？」

「さあ……」

「弥兵衛の娘といっしょだったかもしれぬではないか？」

「そうかもしれません。弥兵衛の家というのは、あそこに見えているところです」

と、庭の向こうを指差した。

ここからは一町（約一〇九メートル）ほどしか離れていない。叫び声もよく聞こえる距離である。

「なにが起きたのか……」

庄屋は俯いて、こぶしを握り締めた。


娘がいなくなったという家を四軒、すべて回り終えた。

庄屋が遠縁の者と言ったのは、近くの神社の神主も兼ねている豪農で、屋敷も庄屋より大きいほどである。

ここでは、おさきという娘がいなくなった。

また、松吉《まつきち》という植木屋の、おつたという娘もいなくなった。植木屋と言っても、弟子を三十人ほど抱え、白金から渋谷にかけて、大名屋敷の庭の管理を引き受けている有名な庭職人だった。

さらに、白金台町の一丁目にある小麦粉やそば粉の卸《おろし》をする〈若狭屋《わかさや》〉の娘・おせんも消えていた。おせんなどは、どこかに出かけた形跡もなく、家にいると思っていたのが、いつの間にかいなくなったという。

「これから先は、なにかあればかならず白金台町の番屋に報せるように」

と、栗田は親たちに厳命した。

その白金台町の番屋に来ると、

「なあ、栗田。四軒でなにか共通するようなことはあったかな？」

と、坂巻は言った。

「いずれも裕福だということか」

「それと、誰一人、町方に報せていないのは変だよな」

「まったくだ。よくよくおいらたちを信用してねえってことか？」

栗田がそう言うと、二人に茶を出した番太郎が慌てて、

「滅相《めっそう》もない」

と、弁解した。

「神棚や仏壇は見たよな？　妙な神信心《かみしんじん》が関わっているかもしれないぜ」

と、栗田が言った。

「ああ、見たよ。どれも、とくに変わったところのない仏さまや神さまだった」

番太郎に訊いても、ここらでとくに変わった神信心が流行《はや》っていることはないらしい。

「ふうむ」

何人かまとめていなくなる場合は、しばしば神信心が関わっているが、それもな

いとなると、やはりかどわかしなのか。

「まだ、手がかりはないか」

「ああ。まずは、このあたりを丹念に見て回るしかあるまい」

栗田がそう言ったとき、

「これは、旦那」

気まずそうな顔で、十手《じって》を腰に差した男が入って来た。

「八十八か？」

栗田が訊いた。

背丈は五尺六、七寸（一七〇センチ前後）はあるだろう。たっぷり肉もついて、いい身体をしている。ただ、やけに顔色が悪い。どす青いとでも言いたいくらい、不気味な色である。だいぶ不摂生をしているのではないか。

「へえ。白金界隈《かいわい》を縄張りにしている八十八と申します。お調べでしたら、お供しましたのに」

「いや、いい。それより、おめえ、こんな重大なことが起きてたのに、よくもおいらたちに報せねえでいたな」

「まことに、あいすみません。なんせ、皆から奉行所には報せないでくれと、強く頼まれましたもので。ただ、そう言うのも無理はないんです」

「皆、十五年ほど前に起きたことを覚えていますから」

「十五年前?」

「じつは、ここの八丁目の〈鎌田屋《かまたや》〉という酒屋の娘がかどわかしに遭《あ》ったことがありまして、町方に報せるなと文が来たが、報せちまったんです。すると、その翌日、娘は殺されてしまったんでさあ」

「娘は幾つだった?」

「まだ三歳でした」

八十八はそう言って、つらそうに何度も首を横に振った。

「なんてこった」

栗田もまた顔をしかめた。小さい娘を持つ栗田には、耐えられない話である。

「下手人は?」

坂巻が訊いた。

「見つからずじまいでした。もしかしたら、同じ下手人かもしれないと思った者も多かったのでは? なにせ、あの子が殺されなかったら、ちょうど今回いなくなった娘たちと同じくらいの年になっていたでしょうから」

八十八は、変に目をぎらぎらさせながら言った。

「なんでだ?」

「そんなことがあったのか」

栗田と坂巻は、顔を見合わせた。

三

番屋で出してもらった煮込みうどんの昼飯を食い、八十八を連れて白金界隈を回ろうとしたとき——。

「死体が見つかりました！」

という報せが飛び込んで来た。

「なんだと。どこだ？」

「向こうの谷間にある豊後池《ぶんごいけ》で」

「悪いが、南町奉行所まで行って、検死の役人をこっちに連れて来てくれ」

町役人の一人にそう命じて、栗田は八十八に先導させ、坂巻や番太郎二人とともに遺体が見つかった場所に向かった。

「豊後池はあそこです」

八十八が指差した。

千坪ほどあるか。なんの手入れもされていないらしく、周囲は葦などが生い茂って、俳味《はいみ》どころではない、薄気味悪い雰囲気すら漂っている。これでは、ふだんは誰も近づかないだろう。

遺体は、岸から一間（約一・八メートル）ほど離れたあたりにうつ伏せに浮いている。

そう遠くないが、手を伸ばしても届かない。

「入るか」

坂巻が池に足を入れようとすると、

「旦那、ここは深いです。いま、誰かが竿《さお》を持って来ますよ」

と、八十八が止めた。

なるほど、すぐに番太郎が近くの家から竿を持って来た。

引き寄せて、草むらに上げた。

若い娘である。

「いなくなった娘の一人か？」

栗田が八十八に訊いた。

「いや、この娘は違いますね」

「違う？」

「見たことがありません。どうだ？」

八十八が番太郎たちに訊くと、二人とも首を横に振った。

「おつたじゃないだろうな、おつた！」

後ろで声がした。さっき話を聞いた植木屋の松吉が駆けつけて来たのだった。松吉は、

「町方に知られたから、殺されたんじゃないか」

とも言った。

横たわっている娘の前まで来て、松吉は恐る恐る顔をのぞき込んだが、

「あ、違います。おつたじゃありません」

と、思わずホッとしたように言った。

「知っている娘ではないか？」

栗田が訊くと、松吉は遺体の顔を見つめ、

「高輪《たかなわ》のほうに白金猿町《さるまち》という町がありますが、そこの茶問屋の娘かもしれません。うちのおつたと友だちでした」

それを聞くと、八十八が親を呼びに行った。

「ほかにはいないだろうな」

坂巻がふいに不安になって、池を見渡した。

だが、ほかに人のようなものは見当たらない。

「遺体を見つけたのは？」

栗田が訊くと、

「あいつです。二丁目の油屋の若旦那ですが、生意気なやつなんですよ」

と、番太郎が嫌な顔をして指を差した。

ちょっと離れたところで、若い男が暢気に釣りをしている。栗田は近づいて行って、

「おめえが遺体を見つけたんだってな」

と、声をかけた。

「ええ。針に引っかかったんですよ」

「遺体が上がったところで、よく釣りなんかしていられるな」

「どういう意味で？」

「おめえが釣った魚は遺体もつっついていたかもしれねえぜ」

「そんなこと言ったら、どこの海も川もいっしょですぜ」

「まあな」

「それより、ご褒美のようなものはいただけるんでしょうか？」

油屋の若旦那は訊いた。

「褒美？」

「あっしが見つけなかったら、まだ見つからずにいたかもしれませんぜ」

呆れたが、叱りつけるのもなんだろう。

「考えておく」

と、栗田は適当に返事をした。

やがて、八十八が茶問屋のあるじを連れて来た。あるじは遺体を見ると、すぐ、

「お菊《きく》」

と、泣きながらすがりついた。

親の気持ちはわかるが、同心としては訊かなければならない。

「いつからいなくなったんだ？」

と、栗田は訊いた。

「気づいたのは、一昨日の夕方です」

お菊の父は言った。

「番屋には伝えたのかい？」

「いえ。じつは、お菊は川崎に行った板前に惚れていて、あいつのところに逃げたんじゃないかと、手代を見に行かせたのです。ところが、やっぱりいないとさきほど戻って来まして、それで番屋に相談しようと思っていたところでした」

「町方に相談するつもりはあったのだな？」

「そりゃあ、家の者の行方がわからなくなったのですから」

谷を挟むと、町方への信頼度は違うらしい。

まもなく、奉行所から検死役が到着した。

市川一岳《いちかわいちがく》といい、南町奉行所でも一、二を争う古株で、つねづね、

「おれはもう、死体を見たくないんだよ」

と、愚痴を言っている。だが、市川より遺体に詳しい者もおらず、それが探索に欠かせないことも承知しているのだ。

「早く、江戸から悪事がなくなって欲しい」

というのも、口癖になっている。

その市川は、まず遺体に手を合わせ、経を唱え、それから丁寧に遺体の全身を調べていたが、

「死んだのは、二日ほど前だな。たぶん、一昨日の昼過ぎ」

と、栗田に言った。

「ということは、家族がいなくなったと気づく前に死んでいたんですね」

「殺されて捨てられたんじゃないぜ。溺死だよ」

「では、ここで？」

「ああ、間違いないだろう」

「乱暴は？」

お菊の親に聞こえないよう、小声で訊いた。

「されていない」

「となると、殺されたのではなく、事故死という線も考えられますね」

「そういうことだ」

と、市川はうなずいた。

だが、なぜ、お菊はこんな薄気味悪い池のほとりにやって来たのか。

四

八十八の姿が見えなくなったと思ったら、この周辺で訊き込みをしていて、まもなく一人の中婆さんを連れてやって来た。

「旦那、この女が、一昨日の昼過ぎに、お菊ともう一人の娘が、そっちの坂を下りて来るのを見ていました」

と、八十八は、中婆さんを押し出すようにした。

「お菊に間違いなかったかい？」

栗田が訊いた。

「ええ。あたしと目が合ったんで、お菊ちゃんは頭を下げたんですから。そのあと、亡くなっちまったんですね。可哀そうに」

中婆さんは手を合わせて言った。

「もう一人の娘ってのは？」

「見たことない娘でしたよ」

「いくつくらいだった？」

「さあ？　でも、着物の柄は、そう若いようでもなかったです」

「ほう」

半町ほど離れていたので、人相などはわからなかったらしい。

「それと、旦那、仕事中で連れては来られなかったのですが、この上の炭屋のあるじが、一昨日の昼過ぎに、若い女が慌てたように駆け去るのを見ていました」

「どっちにだ？」

「目黒のほうだったそうです」

「なるほど」

「その娘が、お菊を連れて白金猿町のほうからやって来て、この池のところでなにかをして、その坂から目黒のほうへ逃げたと考えれば、辻褄《つじつま》は合いますね」

と、八十八は言った。

「そうだな」

栗田はうなずいた。八十八というのは、癖のある岡っ引きだが、なかなか切れるのは確からしい。それに、このあたりは熟知しているから、訊き込みもツボを押さえている。

陽《ひ》が傾いて来た。

市川一岳が連れて来た奉行所の中間《ちゅうげん》を二人、白金台町に連絡のために残して、ひとまず栗田たちは奉行所にもどることにした。


その帰り道――。

「坂巻。お前、今日、元気がなかったな」

と、栗田は声をかけた。

「そう思ったのか。やはり、わたしは修業が足りないな」

「また自分を責める。なにかあったのか？　言えよ」

「じつは、昨夜、土橋のところでおゆうさんが現われたんだ」

「あのときか。なんだ、そうだったのか」

「おゆうさんは、なにやら面倒ごとに巻き込まれているらしい。それで、これがなにかわかるかと言われた。おゆうさんのために調べてやりたいが、といってこっちの仕事もおろそかにはできないし」

坂巻はそう言って、あの紙を出し、ため息をついた。

「どれどれ。あれ？　これは見たことがあるぞ」

「本当か」

「ちょっと待て。あれ？　どこで見たんだっけな」

栗田はなかなか思い出せない。

「そうだ。あの人に訊けばいい」

五

奉行所にもどると、栗田は坂巻といっしょに例繰方《れいくりかた》へ向かった。

「ああ、児島《こじま》さまか」

「そうさ。あの人なら間違いなく知っている」

例繰方の与力・児島与四郎《よしろう》は、南町奉行所では屈指の秀才である。過去の事件のほとんどは頭に入っていると言われるくらいだから、栗田がぼんやり覚えのあるようなことは、しっかり頭に入れているに違いない。

部屋をのぞくと、児島はちょうど書き物をしていた。

「児島さま」

「あ、栗田か」

「ちと、お訊きしたいことがありまして」

と、紙を広げ、

「これはなにか、ご存じですか？」

「栗田、それはお前だって見たことがあるはずだぞ」

児島は、いかにも秀才らしく苦笑した。

「見た覚えはあるのですが、思い出せないのです」

「〈長崎屋〉に出島のカピタンが来て泊まっているとき、その印を描いた三色の幕を下ろしているではないか」

児島がそう言うと、

「あ、あれ」

と、栗田は手を打った。

言われてみれば、そうである。カピタンたちの警護は町奉行所も担当するので、同心なら誰でもこれを見ているはずなのだ。

ただ、見てはいるが、なんの意味があるのかはわからない。

「それは、南蛮のワッヘンというやつだ」

「ワッヘン？」

「家紋のようなものだ。ただ、なにか、違う気もするな」

児島はもう一度、それを見た。

「あ、そうか。これは、オランダ文字で、ベレネッジ・オースト・インディーセ・コンパグニイの頭文字である、ＶとＯとＣを組み合わせたものだ」

「なんですか、それは？」

「連合東インド会社という、異国と交易をおこなう者たちの名前さ」

「ははあ」

「ただ、長崎屋に掲げるワッヘンは、この上に、ネーデルラントセ、つまりオランダのという意味のＮの字がついているが、これはＥという字になっている。なんの頭文字なんだろうな？」

　児島は考え込んだ。

　そのあいだ、坂巻は紙と筆を借り、いま児島が言ったことを急いで書き留めているが、オランダ語のところはさっぱりわからず、あとで児島に書いてもらう羽目《はめ》になるだろう。

「ううむ。イングランドのEかなあ」

「なんです、それ？」

「いや、イングランド、つまりエゲレスにもオランダと同様に連合東インド会社はあるのだが、エゲレスはこのワッペンは使っていないはずなのだ」

「ほう。ということは？」

「オランダでもエゲレスでもない、Eがつく国の東インド会社ということになるだろうな」

「なるほど」

と栗田はうなずいたが、さっぱりわからず、坂巻を見た。

だが、坂巻もそんなことがわかるわけがない。

「これをどこで見たんだ？」

と、児島が訊いた。

「いや、ちょっと知り合いが」

「悪事がらみなのか？」

「いや、なに、ちょっと……」

いまはまだ言うわけにはいかない。

六

根岸が昨晩、遅くまで松平定信《まつだいらさだのぶ》の供をさせられたとかで、坂巻からの報告は今朝になった。朝飯を取りながら根岸は報告に耳を傾けると、

「そうだったか。では、もしかしたらそのお菊が、五人目の失踪者になっていたかもしれないな」

と、言った。

「ええ」

「早いこと、止めさせなければ。まずは、できるだけ人を出し、白金界隈のあちこちに御用提灯《ごようぢょうちん》を持った男を立たせるのだ」

「はっ」

「町の者にも協力してもらえ。下手人を捕まえるまで、警戒をつづけよ」

「わかりました」

さらに、根岸は急いで朝飯をかき込むと、

「わしも現場を見よう」

と、栗田、坂巻などを引き連れ、白金に向かった。

南町奉行所からだと二里（約八キロ）にちょっと足りないくらい。健脚ぞろいの

根岸一行だから、わずか半刻（一時間）ほどで着いた。

「そこです。ここらの者は、豊後池と呼んでいます」

栗田が先頭に立ち、根岸を遺体が上がったところに案内した。

「ふうむ」

根岸は周囲を見回した。

すると、近くで釣りをしている男が目に留まった。

「あいつが遺体を見つけたのです。まさか、今日も来ているとは」

と、栗田が呆れたように言った。

「身元は？」

「わかっています。白金台町二丁目にある油屋の若旦那だそうです。生意気な野郎で、番太郎なども嫌っている男です。あいつ、疑ってもいいかもしれませんね」

「いや、下手人なら、翌日まで来やしないさ」

根岸は近づいた。

「釣れるかな？」

「まあまあですね」

若旦那は浮きを見たまま答えた。

「魚籠《びく》を見せてくれ」

「なあに、今日はこんなものです」

うなぎが一四、入っている。

「ほう、うなぎではないか、フナでも釣っているのかと思ったがな」

「あっしは、狙ったもの以外を釣る名人でして」

「なるほど。それで、そなたが昨日、娘の遺体を見つけたそうだな」

「ええ。ふつうなら、見つかりませんよ。あっしが、あのあたりに釣り糸を投げ込んだから引っかかったんで、下手したらもっと腐らせたかもしれませんよ。ご褒美くらい出してくれてもいいと思うんですがね」

若旦那がそう言うと、

「まだ言ってやがるのか」

と、栗田が怒った。

ただ、池の縁はぐにゃぐにゃ入り組んでいたりするので、若旦那の言うことも当たってはいるのだ。

「まあ、いい。わしは、南町奉行の根岸だ」

と、根岸は名乗った。

「えっ」

生意気な若旦那も、これには目を丸くした。

根岸は、傍らに咲いていた小さな花を一本むしり、

「これは褒美だ。忙しい暮らしのなかで町方への協力は、まことに見上げた心根だ」

と、真面目な顔で差し出した。

「ありがとうございます」

若旦那は泣きそうな顔でそれをもらった。

「ところで、それはなんだ？」

根岸は、わきの草むらにへばりついていた色つきの紙を指差した。

「なんでしょうね。昨日から、ときどき引っかかるんです」

「ふうむ」

それをつまみ、指先でいじくり、

「死んだお菊は、花などに興味はなかったか？」

と、訊いた。

「あったはずです。活《い》け花なども習っていたそうですから」

栗田が答えた。

「活け花をな」

「ただ、ほかにもいろいろやっていて、親も習いたいのはなんでも習わせていたそ

うです」

「いや、それだな」

「それ？」

「活け花をやるくらいなら、興味を持つはずだ。やろかつを使ったのではないかな」

根岸がそう言うと、坂巻は小さく、

「あ」

と声を上げたが、栗田はなんのことかわからず、

「なんです、それは？」

と訊いた。

その話を根岸は『耳袋』に、「やろかつという物のこと」と題して記している。

こんな話である。


南蛮産で、やろかつというものがある。

小さな蓮花《れんげ》を干して固めたようなものらしい。

いずれのときか、次期将軍の奥方さまがお産をなされたとき、これが安産の呪い《まじな》として使われた。器に水を盛り、この品を入れ置いたところ、陣痛が始まると、器

のなかを回り始め、安産のときに至って、これが開いたという。

さらに出血が止まると、やろかつも元通りになった。

まさに珍物であろう。

奥勤めをしていた老人の話をここに記した。


「なんなのです、やろかつとは？」

栗田が根岸に訊いた。

「水中花だよ」

「水中花？」

「水に入れると開くつくりものの花を知らないか？」

「ああ、あれ」

と、栗田は手を打った。

「作り方は南蛮から伝わったもので、江戸でも作っている者はそう多くないはずだ。当たってみてくれ」

根岸はそう命じて、奉行所にもどることにした。

七

栗田と坂巻は、白金では水中花を扱う店を見つけられなかったが、麻布まで来て、坂下町《さかしたちょう》の大きな小間物屋に声をかけた。

「水中花でございますか?」

「水に入れると開く花らしいんだ」

「ああ、水花ですか」

「水花というのか?」

「いえ、うちじゃそう呼んでいるだけで、人によっては、酒に入れる方もいて、酒中花と呼んだりもするらしいです」

「あるんだな?」

「はい。お持ちします」

すぐに後ろの棚から持って来た。

「そう数はないのですが、芸者が客を喜ばせたりするのに買って行きます」

「ほんとに開くのかい?」

「ええ。それはきれいなものですよ」

「一つ買うからやってみてくれねえかい?」

「わかりました」

あるじはそう言って、どんぶりに水を入れて持って来ると、一つ入れた。

すると、蕾《つぼみ》のように閉じていた花がさあっと開いた。乾いていたときは薄桃色だったが、水のなかではきれいな紅色になった。

「きれいなものだな」

無粋《ぶすい》な栗田でさえ感心するほどである。

雪乃《ゆきの》と娘たちへの土産に三つ、買い足すことにした。四つで八十文だから、夜鳴きそばより高い。

「これは、問屋が持って来るのかい？」

「いえ、うちでは職人から直接仕入れているんです」

「職人は多いのかな？」

「いや、あまり多くないと思います。なにせ、紙のつくり方に秘訣があり、ふつうの紙ではないみたいですよ。あたしのところで仕入れるのは、麻布の田島町《たじまちよう》に住む弥八《やはち》という職人ですが、水花では江戸でいちばんじゃないでしょうか。なんせ、こんな大きな水中花をつくるんですから」

と、あるじは両手の指で、どんぶりほどの大きさを示した。

弥八の家を訪ねることにした。

弥八の家は、四《し》ノ橋《はし》を渡ったところにあった。ここまで来ると、白金も近い。

「町方の者だがな」

栗田はちらりと十手を見せた。

弥八はまだ二十代と思われる若さである。

「お役人さまがなんでしょうか？　いま、急ぎの注文がありまして、手を休めることができないのですが」

じっさい、緑の紙でこよりのようなものを何本も作っている。

「ああ、手を動かしながらで構わねえよ」

と、栗田は上がり口に腰をかけた。

坂巻は、さりげなく家の奥が見えるほうに立ち、なかのようすを窺った。

「水中花では、あんたが江戸でいちばんだそうだな」

「とんでもない」

「弟子はいないのかい？」

「ええ。前に何度か使ったんですが、かなり手先が器用じゃないとやれないので、辞めちまいました」

「ほう。だったら、男より女の職人のほうがいいんじゃねえのかい？」

ちらりと、こき使うために娘をさらったのではないかと思ったのである。

「女は使いにくくてね」

と、弥八は顔を歪《ゆが》めた。

「じつは、白金で若い娘が池のなかで死んでいてな」

「そうなので」

弥八の手が止まった。

「娘は花が好きだったそうだ」

栗田は感慨深げに言った。

「若い娘さんは皆……」

「好きだよな。だから、もしも見たことのないきれいな花で、しかも水中に咲いていたら、どうにかして手を伸ばし、それを取ろうとするんじゃねえのか？」

「……」

「あのあたりで、ほかにも四人がいなくなっているんだ」

「わたしはなにも」

弥八の顔が青い。

「そこにある花も水中花かい？」

栗田は弥八の後ろを指差した。

「そうです」

「見たことがないな」

「はい」

小さな花びらが、無数に丸いかたちについている。色は深紅のものと、柿色に近いものがある。

「なんという花だね？」

「わたしも名はわかりません。が、南蛮の丘に咲く花だとか」

「南蛮の丘に？」

後ろから坂巻が訊いた。

ふと、おゆうから渡されたワッヘンのことが頭に浮かんだ。だが、まさかこの件とはかかわりがないだろう。

「すまねえが、白金台町の番屋まで来てもらえねえかい？」

「いま、急ぎの注文で」

弥八は行きたくないというそぶりを見せた。小机の下のほうで、慌ただしく筆を動かしている。

「こっちは、いなくなった四人の娘と、殺されたかもしれねえ娘の話で来てるんだぜ」

栗田は強い調子で言った。

「わかりました」

弥八は諦めて、立ち上がりかけたとき、

「うっ」

ふいにしゃがみ込み、長い鉄箸でいきなり左の胸を突いた。

「あ、しまった」

栗田は急いで箸をもぎ取るが、見る見るうちに着物が血で染まっていく。

心の臓を突かれては、まず助からない。

「栗田。それは……？」

小机の下に、殴り書きのような書置きが残されていた。

「殺そうとしたんじゃありません。喜ばそうとしただけです」

第二章　顔を焼いた女

一

「遠くまで悪いな、梅次」

栗田はいっしょに歩きながら、梅次をねぎらった。

「とんでもないです。どんどん御用を申しつけてくださいまし」

梅次は慌てて言った。

もちろん本心である。とにかくいろんな事件を経験したい。疲れを知らないいまだったら、遠くだろうが、多少、寝不足になろうが、まったく厭《いと》わない。

今日は、栗田と坂巻に、自分で胸を突いて死んだ水中花の職人・弥八の裏を洗うので、手伝ってくれと言われた。

それで終日、麻布田島町周辺や、客になっていた者などの聞き込みをおこなった。

梅次が聞き込んだところでも、弥八の評判はそう悪くはない。誰かといざこざを起こしたこともないし、職人としてもつねに新しい趣向を取り入れるべく、熱心に草花の研究をしていた。

「やはり、娘を殺そうなんてつもりは毛頭なかったようだな」

それぞれ別に聞き込んだ三人の話から判断して、栗田は言った。

「ああ、わたしもそう思うよ」

坂巻はうなずき、

「ただ、水中花を悪事の囮《おとり》に使っていることは、薄々察していたのではないかな」

と、言った。

「だろうな。だから、焦ったみたいに死んでしまったのだろう」

栗田がそう言ったが、梅次も同感である。

弥八は、仕事にはかなり熱心だったが、気が小さすぎるところがあったようだ。番屋で取り調べられると思ったら、耐えられなくなったのではないか。

「では、囮に使う水中花を誰が頼んだかだが」

栗田がそう言い、

「たぶん、大福帳などには書くなと言われていたのだろう」

と、坂巻が言った。

「そうですね」

大福帳に書かれてあった売上については、もちろん詳しく調べてある。だが、あの豊後池で見つかった大きさや色の花が売られた形跡はない。

つまり、あの花は特別な注文品なのだ。

「誰に頼まれてやったのか……」

栗田は悔しそうに呻《うめ》いた。

弥八が死んでしまったので、肝心なことはわからなくなった。

だが、たぶん弥八もうかつには言えないような、重要な人物なのではないか。

「今日はそろそろ終わりにするか」

高台から西に沈みつつある夕陽を見ながら、栗田は言った。

「そうだな」

坂巻もうなずき、二人が北へ足を向けたところで、

「栗田さま。あっしはもう一度、町を見回ってから帰りますので」

と、梅次は言った。

「そうか。熱心だな」

「いや、あっしのような駆け出しはそれくらいしませんと」

「無理するな。疲れが溜まるぞ」

「なあに、あっしは若いですから」

「そうか。じゃあな」

二人に頭を下げ、梅次はひとまず白金台町を十一丁目まで歩いて、そこからゆっくり引き返して来ることにした。

目黒不動への物見遊山や参拝の人たちも、もうほとんどいなくなっている。歩いているのは、仕事帰りの職人たちだろう。

十一丁目まで行くうち、陽は落ち、高台全体も闇に包まれた。

奉行所からの見回りも出ていて、御用提灯を持った数人連れとも、二度、すれ違った。

三丁目あたりまでゆっくり見回って来ると、横道で塀の隙間をのぞき込んでいるような男がいた。

——なにをしてるんだ？

足音を立てると、男は慌てたように姿勢を正した。

このまま通り過ぎ、今度は裏に回って、なにかしでかしたところをとっ捕まえようかと思った。

だが、辰五郎の説教が甦《よみがえ》った。悪事を働かないようにすること。そして、信頼。

ここは梅次の縄張りではないが、辰五郎の説教は場所に関係なく通用することだろう。

「やあ、一杯やって来たのかい?」

と、梅次は声をかけた。

男は一瞬、ドキッとしたようだが、

「ええ、まあ」

と、頭をかきながらこっちへ出て来た。

「女房はいるんだろ?」

「はい」

「早く帰ってやれよ」

「そうですね」

と、男はいなくなった。

それから歩き出そうとして、

——ん?

さっき男がいたあたりに小さな明かりが見えた。

近づいて行って、それを拾う。懐炉《かいろ》が落ちて、口が開いていた。いまは初夏である。懐炉を抱いて歩く季節ではない。

——あいつ、まさか。

火付けでもするつもりだったのか。

だとしたら、とっ捕まえなければならなかった。

だが、火付けにしては刻限が早い。暗くはなったが、まだ寝静まってはいない。

やっぱり煙草の火だろうと、思い返した。

梅次はとりあえず、この懐炉は番屋に預けておくことにした。

二

坂巻弥三郎は、早々に夕飯をかっ込み、奉行所の外に出ていた。

もしかしておゆうが坂巻を訪ねて来たら、奉行所のなかにいては連絡がつけにくいだろうと思ったからである。

正門から門番に、「根岸家の坂巻を」と呼び出してもらっても、そうおかしくはない。

だが、この前も正面から訪ねて来ることはしなかった。もしかしたら、なにか顔を出しにくい事情を抱えているのかもしれない。

いくらおゆうでも、奉行所のなかにそっと忍び込むようなことは、たとえできてもやらないだろう。であれば、こうして自分が表に立って待つことが、いちばん早くおゆうと接触できる手段になるはずである。

ただ、あれから数日しか経っていないのだ。次に来るまでは、もう少し日にちがかかる気もする。だからといって、じっと待つのもつらい。

坂巻は、居ても立ってもいられない気持ちだった。

数寄屋橋の手すりに身体を預けていると、

「よう、坂巻。なにしてるんだ、こんなところで？」

宮尾《みやお》玄四郎《げんしろう》が声をかけて来た。どこか外回りに行って来たのだろう。

「うん。ちょっと人をな」

坂巻は答えた。

「女じゃないよな？」

宮尾はからかうように訊いた。

「いや、女だけど」

「え、女なのか？」

宮尾は意外そうに訊いた。

「なんだよ、その言い方は？」

「坂巻はもう、女には興味がないのかと思っていた」

「なぜ、そんなことを言う？」

「以前、品川に行ったときだったか、根岸さまといっしょに女を口説く方法を教えてやったことがあるだろう？」

「ああ、あったな」

口説くときは思い詰めるなとか、きれいなところで口説けとか教えられた。

正直、あれはなかなか参考になったと思っている。

「あれから半年ほど経つのに、坂巻は女を口説いている気配がないからだよ」

「それは……」

坂巻が返事を渋ったとき、

「あら、坂巻さま」

「なんだ、宮尾さまも」

と、二人の奥女中が通りかかった。

「おい、いま、なんて言った？　なんだ、宮尾さまも、と言わなかったか？」

宮尾が文句を言った。

「だって、宮尾さまとはしょっちゅう話をするから」

奥女中の片方が言った。

「こういうところで会っても、驚く感じはしないんですよ」

と、もう一人も付け加えた。

「坂巻とだって話をするだろうが」

「いいえ、坂巻さまはあたしたちと無駄口を叩くことはありませんよ」

「あ、そうかい。どうせ、わたしは無駄口ばかり叩いてるよな」

「ばかりとは言いませんが、多いのは事実です」

奥女中の片方がそう言うと、

「ほんと」

と、もう一人も大きくうなずいた。

奥女中たちは、宮尾を追い払うような手つきをして、

「坂巻さま。なになさってるんです？」

と、訊いた。

「うん、ちょっとな」

坂巻が返事を濁すと、

「お前たちの憧れの坂巻さまは、ここで大事な女の人を待ってるの。お前たちを待ってたわけでは露ほどもないよ」

と、宮尾は言った。

「そうなんですか」

奥女中たちは明らかに落胆の表情を見せた。

すると、宮尾はさらに、

「はいはい、坂巻さまは宮尾さまと違って、無駄話をしている暇はないの。行って、

行って」

と、意地悪なことを言った。

「やあね、宮尾さまったら。みゃあお」

「みゃあお」

奥女中二人は、わざとらしく猫の鳴き声を真似ながら、奉行所の正門のほうへ向かう。

坂巻は、こんなやりとりに苦笑するしかない。

三

次の朝である——。

栗田、坂巻、梅次の三人が、早めに白金台町の番屋に顔を出すと、

「なに、おとめが自分で顔を焼いたですって？」

岡っ引きの八十八がちょうど大声を出したところだった。

「そうらしいよ」

答えたのは、ここの町役人の国右衛門《くにえもん》である。

「いつのことです？」

「三日前らしいな」

「なんでまた？」

「訳は言わないみたいだ」

「ひぇえ、なんてこった」

八十八は、ひどく驚いたようだった。

「誰だい、おとめってのは？」

栗田が八十八に訊いた。

「白金では有名な美人ですよ」

「ほう、いくつなんだい？」

「いまは、三十三ですかね」

「大年増じゃないか」

「ですが、まだまだ美貌は衰えていません。もちろん若いころから、白金小町と評判でした」

「いなくなった四人の娘も美人だったんだろう？」

「いやいや、それでも若いときのおとめには敵わないでしょうね」

八十八は、お国自慢でもするような調子で言った。

「おとめはなにをしてるんだい？」

と、坂巻が訊いた。

「〈すず風〉という料亭の女将《おかみ》をしています」

「ああ、三丁目あたりの、ちょっと奥に入ったところだな」

「そうです」

「流行ってるのか?」

「大繁盛ですよ。とくに女客に評判がよくてね、味はもちろんですが、料理の見映えが素晴らしいんです。どこかの瓦版屋がやった〈男に連れて行ってもらいたい料亭〉という番付で、いちばん上の大関になったこともあるくらいです」

「順風満帆じゃねえか」

と、栗田が言った。

「そうです」

「それが自分で顔を焼いたのか?」

「あっしも驚きです。なにか、決心があってしたとは思えませんよ。だいたい、これまでもさんざん美貌を利用して生きてきたんです。二度、妾《めかけ》に入り、旦那が亡くなると、けっこうな遺産をもらっているはずです」

「ほう」

「これからだって、美貌は大事でしょう。それがなぜ、顔を焼いたのか?」

八十八は、頭をかきむしった。

ずいぶん大げさな反応である。

「八十八。それも気になるだろうが」

栗田が言いかけると、

「わかってます。四人の娘の安否が先です」

そう言って、番屋を出て行った。

四

八十八が出て行ったあと、

「しかし、いまのは妙な話だったな」

と、栗田は町役人の国右衛門に言った。

「そうなんです」

「八十八の態度も妙だったがな」

「あれは、八十八が女将に岡惚れしているからですよ」

と、国右衛門は苦笑いして言った。

「そういうことか」

「じつは、おとめが顔を焼いたという話には、なんとなく似たような話があるんです」

「似たような話？」

坂巻が強い興味を示した。

「ええ。ここの瑞聖寺《ずいしょうじ》ではなく、同じ黄檗宗《おうばくしゅう》の寺で、上落合村に泰雲寺《たいうんじ》という寺があるんですが、昔、そこに了然《りょうねん》という尼さんがいまして、自分の顔を焼いたんです」

「ほう、なんでまた？」

「その女性が尼になる決心をしたのですが、あまりの美貌ゆえ、和尚は入門を許さなかったのです」

「美貌ゆえに？」

「ほかの僧の修行の邪魔になると思ったのか、あるいはどうせすぐに還俗《げんぞく》するだろうと思ったのか」

「なるほど」

「すると、その女性は自ら火を押しつけて顔を焼き、決意のほどを示し、ようやく入門を許されたというのです」

「へえ。その話は有名なのかい？」

「同じ黄檗宗というので、その了然尼さんは、ここの瑞聖寺にも何度か来ていたみたいです。それですので、ここらの者はその話をよく知っていますよ」

「おとめはそれを蒸し返したってわけか？　だが、別に出家しようなんて気はないんだろう？」

「まあ、ないと思いますが」

と、国右衛門は笑った。

だが、意外な信仰心を秘めていたりするので、決めつけるわけにはいかない。

「なんか気になるな」

坂巻が梅次を見て言った。

「気になりますね。例の行方知れずにつながらないとも限らないですし」

と、梅次は答えた。

「そんなにいい女なのかい？」

栗田が国右衛門に訊いた。

「そうですね。ただ、まれに異論が出ます」

「異論？」

「じつはたいしたことはないんだと」

「ほう」

「おとめは化粧がとにかく上手らしいんです」

「なるほど」

「どんよりした曇り空に上手に色を入れて、目を瞠《みは》るほどの夕焼け空にしているようなものなんだと」

面白い喩《たと》えではないか。

「誰が、そんなことを？」

栗田は訊いた。

「四丁目で髪結いをしている女です。でも、おとめには言わないでくれと。怒られるらしいから」

「そりゃあ怒るだろうな」

「しかも、おとめは、わたしはもの凄い美人なんだという自信がにじみ出て、それで男は皆、美人だと思ってしまうのだと、これも髪結いの女の意見です」

「なるほどなあ」

「言われてみると、なるほどとも思うんですよ。よく見ると、目も鼻も口もそんなに特徴はないんですが、確かに口なんかは口紅一つでどうにでもなるかなと」

「そりゃあ、じっくりこの目で確かめてみたいもんだな」

栗田は、女房の雪乃が見たら怒りそうな、だらしない笑顔になって言った。

「陽の光の下でですよね？」

「そうでないとわからないだろう」

「ところが、それが意外に難しいんです」

「なんで?」

「おとめは、昼間はほとんど外に出て来ないんです。男が見られるのは夜だけ。淡い明かりのもとでしか会えないというわけでして」

「そうかあ」

「とりあえず、料亭をのぞいてみましょうよ」

「のぞく?」

「客として上がるのです。そういえば、いなくなった四人の娘のうち、おつたやおせんあたりは、何度か男に連れて行ってもらっていたのでは?」

「そうなのか」

「行ってみようよ」

と、坂巻が言った。

「だが、高いんだろうな」

栗田は顔をしかめた。懐《ふところ》のほうは豊かではない。幼い双子の食い扶持《ぶち》のためにも、くだらぬ贅沢《ぜいたく》は控えている。

「旦那、それでしたら、あたしがごいっしょします。あそこは、しょっちゅう接待などに使っているところですし、ちょっと晩飯くらいごちそうさせてくださいよ」

「いいのかい」

根岸からも、懐になにか入れてもらうのは駄目だが、地元の有志に飯をおごってもらうくらいは構わないと言われている。だが、それで調べに手加減をしたりするのは許さないとも。

「もちろんです。八十八親分にはないしょで、坂巻さまと、そちらのお若い親分とで」

五

陽のあるうちは、四人の娘の行方を捜して、白金から二本榎《にほんえのき》や目黒のほうまで歩き回った。だが、行方は杳《よう》として知れない。

あれだけの人員を白金に繰り出せば、これ以上、娘がいなくなることはないだろうが、逆に、かどわかしならすでに捕まっている娘たちに危難が及ぶかもしれない。踏み込まれる前に、殺して埋めてしまえといったことも、ないとは限らない。

夜になって――。

焦る気持ちを抱えながら、栗田たちは町役人の国右衛門に案内されるように料亭すず風にやって来た。

植栽に囲まれた石畳の小道を、十数間ほど進むと、ふいに小石が敷き詰められた玄関の前に出る。

「これはたいしたもんだ」

栗田は目を瞠った。

堂々たる玄関口である。

大きな赤い提灯に火が灯り、盛り塩は小山のように大きい。

「伝えてあるだろ。〈増田屋〉だよ」

国右衛門は帳場の番頭らしき男に屋号のほうを言った。国右衛門は、白金台町八丁目で味噌と醬油の問屋と、漬物屋を営んでいる。

「はい。うかがってます。桐壺《きりつぼ》の間にご案内します」

玄関の板の間から、まず階段を下りて行く。ここは坂につくられているらしい。

手すりには見事な彫刻が施された、豪華な階段である。

二十段ほど下ると、目の前にたいそうな庭が開けた。

「ほう」

大名屋敷などとはまた違う、いかにも粋でこじゃれた庭である。

その庭を見ながら右に進み、また左に曲がったところの部屋。

「ここが桐壺の間にございます」

床の間などもついた八畳間。壁の下のほうが障子窓になっていて、開けると庭の緑が見える。

　仲居が酒と小皿を持って顔を出した。

「どうだい、女将は？」

と、国右衛門は訊いた。

「あのことは、お聞きになったんですか？」

　仲居は声をひそめて訊いた。

「もう、町じゅうの噂だよ」

「ですよね」

「ほんとに顔を焼いたのかい？」

「ええ。あたしは、瑕《きず》そのものは見てませんが、片頬ぜんぶを隠していますよ」

「そんなに？」

「もう、すっかり元気を無くしてまして」

「そりゃあ、そうだろう」

「ご挨拶《あいさつ》も勘弁してくださいと」

「でも、ひとことくらい慰めの言葉をかけたいね」

「いちおう訊いてみますが」

「町を代表して来たと伝えてくれよ」

ここまで言えば、顔を出さざるを得ないのではないか。

「伝えてみます」

「だが、なんで、そんなことをしたんだい？」

と、栗田が訊いた。

「あたしにはさっぱりです」

「番頭や板前などはなんと？」

「皆、首をかしげてますよ」

「女将は、了然尼の話は知ってるよな？」

と、国右衛門が訊いた。

「そりゃあ女将さんもここらの生まれですから」

「まさか、尼になろうなんて思ったわけじゃあるまい？」

「そうですね。女将さんの部屋にも、とくに仏さまが置いてあったりはしませんし」

「どういう人だい？」

坂巻が訊いた。

「ええ、きれいな人ですよ」

「見た目じゃなくてさ、人柄とかだよ」

訊かれると、ひどく困ったような顔をした。

それで女将の人柄は想像がつく。仲居の胸のうちでは、間違いなく不満や悪口が渦巻いているのだ。

仲居はいったん料理を運ぶのに下がった。

運ばれて来たのは、どれも見事な器に載った、きれいな色の料理である。娘たちに人気というのは一目でわかる。

「おかみさんですが、ほかならない増田屋さんなので、のちほどご挨拶に伺うそうです」

と、仲居が言った。

「そうかい」

「もうちょっとお待ちください」

仲居が出て行くと、梅次が部屋の隅の行灯《あんどん》を、女将の座るあたりに持って来た。

「なるほど。面《つら》をよく見ようってわけか」

栗田が感心した。

六

酒は適当にし、料理の味を堪能《たんのう》して、最後に飯の茶碗がよそわれたころである。

「遅いね、女将は？」

国右衛門が催促した。

「ええ、そろそろだと思いますが」

仲居がそう言ったときである。

「ぎゃあ」

叫び声がした。

「ん？」

栗田と坂巻が刀を引き寄せた。梅次も十手に手をかけ、立ち上がった。

「いまのは女将さんの声」

仲居が怯《おび》えた顔をして言った。

「声はそっちから聞こえたぞ」

坂巻が左手を指差した。

「そっちが女将さんの部屋です」

栗田たちは、国右衛門を残して、建物のいちばん左端に進んだ。

さっき下りた階段とは別の階段があり、その上から、

「誰か、医者を呼んで。医者を！」

女将の泣き叫ぶ声がしている。

「どうした、女将?」

栗田が最初に駆け上がった。

「顔が、顔が」

女将は自分の部屋から逃れるような恰好《かっこう》で倒れている。

栗田は顔を押さえていた女将の手を無理に外《はず》した。

「これは……」

鼻から頰、さらに口のわきまで赤くなって腫《は》れていた。治ったあとも、痣《あざ》やひきつれが残ってしまうだろう。

「熱い、熱い。痛い、痛い」

女将は子どものように泣き始めた。

ほかに駆けつけた店の者も、

「医者だ」

「水だ」

と、大騒ぎになった。

「自分でやったのか?」

栗田が横になったままの女将に訊いた。

「自分で? そんな馬鹿な」

「だが、三日前に自分で焼いたんじゃないのか？」

「あ、それとは別。今日のは、火の玉が飛んで来たの」

「火の玉が？」

「庭でなんか明かりが見えたので、外に出てみると、いきなり火が頬に。ああ、熱いよう、熱いよう」

女将は足を子どものようにばたばたさせた。

「いま、お医者が来ます。それまではこれで」

と、板前が木桶に水を入れて来て、手ぬぐいをひたし、それを女将の頬に当てようとしたが、

「おい、手ぬぐいを当てるのはやめておけ」

坂巻が注意した。

「どうしてよ、当ててよ、痛いんだから」

女将が喚《わめ》いた。

「手ぬぐいを当てると、傷に貼りついてしまい、取れなくなったりするのだ」

「じゃあ、どうしたらいいの」

「水をかけるようにしてやれ」

坂巻が命じると、板前は手で水をすくい、女将の顔にかけ始めた。

やがて、医者が転がるようにして入って来た。

「どうした、女将さん？」

がっちりした体形の、生真面目そうなお医者である。

「あ、ああ、顔が、あたしの顔が」

「よしよし。触るな、触るな。どうしてこうなったんだ？」

「火ですよ、火。いきなり火の玉が飛んできて」

「ああ、これはひどいな」

医者は火傷《やけど》のようすを確かめながら言った。

「ひどい？　治してよ、ぜったいに。おかねはいくら出してもいいから」

「自分で焼いたんじゃないのか。噂を聞いたぞ」

医者もおとめが自分の顔を焼いたという噂を聞いていたらしい。

「だから、それは別なんですって」

女将は泣き喚いている。

「やかましい。いま、薬用の油をつけるから、じっとしてろ」

医者が叱りつけた。

女将の治療のようすを見ながら、栗田はさっきの仲居に、

「三日前も、こんなふうに大騒ぎしたのか？」

と、訊いた。

「いいえ。この前は気がついたら、顔を布で覆っていました。騒ぐ声とかは聞いていません」

「ふうむ」

栗田は女将の部屋に入った。

二間つづきになっている。手前の六畳間には、簞笥《たんす》が並び、真ん中には火の気のない長火鉢が置かれている。奥の六畳間は家具はほとんどなく、そこに布団を敷いて寝ているのだろう。

外の戸が開いていて、風が入って来ている。

その風がどこか濃く、重く、夜のなかにも、いよいよ本格的な夏の始まりが感じられる。

戸の外に、女ものの下駄がひっくり返っている。頰を焼かれて、逃げ込んで来たときのものだろう。

「火の玉が出たと言ってたな」

栗田は、傾斜のある庭を見渡して言った。

「ああ。庭を調べよう」

坂巻も梅次も、庭下駄を出してもらって外へ出た。

縁側から庭に降りるには、三段ほどの石段を下りないといけない。足元が危ないので、それぞれ提灯やろうそくを持っている。

「今度こそ、自分で焼いたということはあるかな？」

と、坂巻は言った。

「自分で？」

「つまり、三日前のは狂言で、じっさいはなんともなかった。だが、それが狂言だったと見破られたので、今度はほんとに焼き、自分ではなく、誰かにやられたと」

「なるほど。ああいう女は、急にいきり立って、突飛《とっぴ》な行為に及ばないとも限らないからな」

と、栗田がうなずいた。

「だったら、火はどうしたんでしょう？」

梅次が疑問を呈した。

「なあに、そっちの厠《かわや》あたりに落としてしまえばわからないぞ」

坂巻が渡り廊下の向こうにある厠を指差して言った。

「厠かあ」

栗田がうんざりした顔をした。

「だとしたら、肥甕《こえがめ》のなかを調べないといけないな」

栗田が庭の端のほうを歩きながら言った。

「どっちにせよ肥料で使っているでしょうから、ここらの百姓を呼んで汲み出してもらいましょうか」

梅次がそう言ったとき、

「いや、待て」

栗田がしゃがみ込んで、棒っ切れで土をかき混ぜている。

「どうした栗田？」

「火の玉を見つけた」

栗田が示したのは、焦げた綿の塊だった。

棒で刺して、臭いを嗅いだ。

「油をしみ込ませてある」

「これだな」

「ああ。棒でも使って、女将の顔に押しつけたに違いない」

「やはり、自分でやったわけではないか」

坂巻はそう言いながら、わきの桜の木を示した。これを攀《よ》じ登れば、塀を越えて逃げられそうである。

梅次が試しにやってみた。

塀を越え、向こうに出たところで、

「あ」

梅次の声がした。

「どうした？」

栗田が訊くと、梅次はまたも桜の枝を伝ってもどって来ると、

「昨日の夜、この塀の外でおいらが声をかけた男がいて、そいつが懐炉を落として行ったんです」

「懐炉か。この季節に」

「ええ。あのとき、とっ捕まえておけばよかったです」

梅次は、悔しそうに言った。

七

三人はまだ庭にいる。

「もしかしたら、四人の娘が閉じ込められているかもしれないぞ」

などと栗田が言い出して、物置だの、廊下の突き当たりだのを、ぜんぶ調べて回ったのだ。

結局、四人の娘たちは見つからなかったのだが——。

庭の隅から建物全体を眺めながら、

「それにしても、立派な建物だぜ」

と、栗田は言った。

坂を利用した二階建てになっている。二階は帳場と台所のほか、中庭を見下ろす部屋が二つ。

さらに、地下に当たる一階には階段を下りたところの板の間を中心にして、六畳間に八畳間が六つほどある。

敷地はぜんぶで七、八百坪くらいはあるだろう。

いままで遠慮しておとなしくしていた国右衛門が外に出て来たので、

「この家や庭は誰のものなんだ？」

と、栗田は訊いた。

「ぜんぶ、おとめのものだそうです」

「へえ。だが、金はおとめが出したわけではなかろう？」

「あれは麻布と高輪のほうで二度、妾奉公をしているのですが、どっちも妾宅を構えてもらって、旦那が亡くなると、その家は二つとも自分のものになったみたいです」

「もともとある程度の金は持ってたのか」

「そうですね。この土地も、もともとはあれの親が植木屋をしていて、それを譲り受けたのですよ」

「植木屋？」

四人の娘の親のなかにも植木屋がいたはずである。

「多いんです、ここらは植木屋が」

「なるほど。見た目ほど、金は使ってないって訳か」

「ただ、ぜんぶ、現金で賄《まかな》えるほどはなかったでしょう。じっさい、旦那がいるという噂はあります」

「誰なんだい？」

「あたしはわからないです」

「こういうのは仲居だな」

と、栗田は言い、治療のようすを見に行った。

傷に油が塗られ、女将の顔の右半分はてらてらと光っている。傷は赤黒くただれ、この先、膿《うみ》を持ったり、崩れたりするだろう。まず、もとのようにはならない。痛みもずいぶんおさまったらしく、女将は床を取って寝るという。

「女将。おいらたちは南町奉行所の者だ」

と、栗田は名乗った。

「そうだったので」

「下手人を挙げるため、いろいろ家を調べさせてもらうぜ」

「それはもちろん。早くとっ捕まえて、獄門に晒《さら》してくださいな」

そう言って、女将は奥の部屋に入って行った。

栗田たちは最初に入った桐壺の間に引き返し、さっきの仲居を部屋に呼んだ。

仲居は怯えた顔で、栗田たちの前に座った。

「おいらたちは、下手人を捕まえなくちゃならねえ」

と、栗田が切り出した。

「下手人ですか？　火の玉ではないので？」

「さっき庭の隅で、油をしみ込ませた綿を見つけた。誰かが庭に忍び込み、それに火をつけて女将の顔に押しつけたんだ」

「そうだったんですか」

「それで、こんだけの建物を女将が自分の手で建てるとなったら、当然、旦那はいるよな？」

「女将さんはもともと金持ちで」

「それは聞いた。だが、それだけじゃ足りねえ。旦那がいただろ？」

「ええ」

「誰なんだ？　もちろん、あんたから聞いたなんて言わないさ」

「お願いしますよ。この近くにお住まいの、狩野欣十郎《かのうきんじゅうろう》さまというお旗本です」

「ほう。役職はあるのかな？」

「なんでも、お浜御殿の警備を担当なさっているとか」

「なるほど。女将とは、いまも仲がいいのか？」

「いいえ、女将さんはもう、縁を切りたいと思っているはずです。金は出してもらったけど、ずいぶんただで飲み食いもさせているので、もうもらった分は返したはずだって」

仲居は小声で言った。

「女将も冷たいな」

と、坂巻が言った。

「はい」

「ははあ。新しい旦那みたいな男ができたのか？」

「旦那じゃありません」

「番頭か？　板前か？」

そこらがおなじみの相手なのだ。あるいは、出入りの商人か。客とは、客同士の嫉妬があるので、そこは避けたりする。

「板さんです。勇次《ゆうじ》さんという。あの、くれぐれもないしょに」

「わかってるさ」

仲居が居たたまれないようなので、ここらで帰すことにした。

仲居がいなくなると、

「狩野欣十郎は、愛想を尽かされたってわけだ」

と、栗田が言った。

「そうだな。女将は別れたくても、狩野は別れたがらないのかもしれないな」

男の未練である。坂巻はわからないでもない。

「そうだろう。それで女将は了然尼の話を利用して、自ら顔を焼いたふりをした。美貌に惹《ひ》かれたのだから、顔を焼けば向こうも離れるだろうと」

と、栗田は推論を語った。

「なるほど」

「ところが、狩野はそれが狂言だと見破った」

「ふうむ」

「下手人が狩野ってこともあり得るな」

「なんで?」

「ふざけた真似をすると。だったら、ほんとに火傷をさせてやるとな」

栗田がそう言うと、

「でも、あっしが見たのは町人風の男でした」

と、梅次が言った。

「そんなものは、当人が直接、やるとは限らねえさ。中間あたりを使ったか。まあ、金でろくでもねえのを動かしたんだろう」

すると、そこまで話を聞いていた町役人の国右衛門が言った。

「ああ。あの方ならやりかねないかもしれません」

八

翌日――。

栗田と坂巻は、狩野欣十郎が勤めに向かうところで声をかけることにした。梅次は、勇次がどういうやつかを探るため、別に動いている。

狩野については、昨夜、ざっとだが調べておいた。

石高は千二百石。だが、役職に五百石がついている。代々の役職で、家は裕福らしいが、当人は金遣いの荒さが噂になっているという。

屋敷の門が開き、家来一人と中間一人を連れた狩野が出て来た。

いっしょに来てくれた国右衛門が、

「間違いないです。あの方です」

と、言った。

遠目からも髭の濃いのがわかる。総じて顔の毛が多いらしく、両眉がほぼ一直線につながっている。合戦のときはよく目立つ顔だろうが、平和な世の中で女にもてる顔ではない。

栗田と坂巻が、足早に近づき、行く手をさえぎるように前に立った。

「南町奉行所の者ですが、ちとお話を」

栗田が言った。

うかつなことは言えないが、訊かざるを得ない。

「なんだ？」

「料亭のすず風の女将のことで」

「女将がどうかしたのか？」

「頰に火を押しつけられましてね」

「そうらしいな」

「いつ、お聞きになりました？」

「二、三日前、小耳に挟んだ」

「それは、おとめの狂言の話です」

「狂言？」

意外そうな顔をした。思ってもみなかったのか。

「たぶん、狩野さまに諦めていただくために」

「……………」

「ところが、昨夜、ほんとに頬を焼かれまして」

「なんだ、それは？」

「そういうことなので」

「そなた、こうして足を止めさせるということは、わしを疑っているのか？」

「いえ」

「無礼者！」

狩野はいきなり斬りかかってきた。

栗田はのけぞってこれをかわした。あわや、というところだった。

すぐに刀を抜き、第二波、第三波のほうは、軽く合わせた。第三波の斬り込みは、少し巻き上げるようにしてやると、狩野は栗田の腕を悟ったらしく、動きが止まった。

遅れて狩野の家来も助太刀しようと刀を抜きかけたので、そちらは坂巻が前に出て、刀に手をかけた。

「乱暴なことをなさいますな」

と、栗田が言った。

「木っ端《こっぱ》役人がなにをぬかすか」

「それは承知してますが、江戸の平安のために必死で働いております」

栗田は毅然《きぜん》として言った。

たとえ相手が旗本だろうが大名だろうが、調べの現場で遠慮する必要はまったくないと、根岸からよく言われている。むしろ町人より厳しくていい、責任はわしが取ると。

「ふん」

栗田の腕に恐れをなしたからだろう。刀をおさめ、

「わしではない」

と言い捨てて立ち去った。

「なんてやつだ」

栗田たちは呆れ返った。

九

「たぶん、狩野ではないな」

と、栗田は坂巻に言った。

「ああ。わたしもそう思ったよ」

すぐにカッとなるが、その時は直接、怒鳴り込んだりするだろう。そういうやつだから、あの女将も怯えているのだ。誰かを使って、顔を焼かせるなんてことはしそうにない。

「どうする？　もうちょっと女将を突っつくか？」

と、栗田が言った。

「そうだな」

二人は、すず風に向かった。

女将は今日も臥《ふ》せっていて、誰にも会いたくないらしい。

だが、調べのためだと、無理に部屋へ入った。

実際、女将は布団のなかにいて、栗田たちが入ると、顔を見られたくないらしく、寝たまま横を向いた。こっちからは、左の素顔が見えている。さすがに今日は化粧もなく、思ったより地肌が黒いのも見て取れた。化粧美人という話も、当たっているかもしれない。

それはともかく、

「調べを進めるのに確認しておきたいんだが、最初の火傷騒ぎはあんたの狂言だよな？」

と、栗田は訊いた。

「なに、おっしゃってるんですか？」

「いま、狩野欣十郎と会って来たよ」

「……………」

その名前に肩がぴくりと動いた。

「狩野欣十郎とは別れたいが、カッとなるとなにをするかわからない男だ。こっちから切り出すのは怖いので、この辺りで有名な尼さんの話を真似、悩んだ挙句《あげく》に顔を焼いたって話をばらまいた」

「……………」

「だが、昨日のは本物だ。あんたがくだらない狂言をしたのに怒ったやつが、だったらほんとに火傷の痕をつくってやるということになったのかもしれねえ」

「なんてやつ」

「あんた、誰に恨まれてる？」

「誰に？」

「思い当たるやつがいるんじゃないか？」

「思い当たるのばっかりですよ。あたしの美貌をねたんで、ここらの女や娘たちは、皆、あたしを恨んでいますからね」

「たいした自信じゃないか」

栗田がからかうように言うと、

「そんなことより、さっさと下手人を捕まえてくださいよ」

おとめは高飛車に言った。

十

昼過ぎに栗田たちが白金台町の番屋にもどると、

「面白い話を聞き込んで来ました」

と、梅次も番屋にもどって来た。

だいぶ腹も減っているはずで、近所の店からうどんを取ってもらい、それを食わせながら話を聞いた。

「すず風の女将は、てめえが白金小町でいるために、競争相手となりそうな女をことごとく蹴落とそうとしてきたみたいです」

「だろうな」

「気になったのは、料亭に来たきれいな娘には、変なものを食わせていたという噂です」

「ほう」

「それで吹き出物ができて、器量が落ちた娘もいたらしいです」

「聞き捨てならねえな」

「それで、料理に何か混ぜるとなると、板前の手助けもいるだろうと思い、例の勇次のことも聞き込んでみました」

「そりゃあ、気の利いた動きだぜ」

「腕がいいのは確かみたいですが、博打《ばくち》が好きで、この近くにあるお旗本の花山多《はなやまた》聞《もん》さまの屋敷で開かれている賭場《とば》に、たびたび顔を出しているそうです」

「なるほど。そこらもちらつかせて吐かせるか」

栗田はそう言って、こっちから出向かず、勇次を番屋に連れて来させることにした。

まもなく――。

「なんでしょうか？」

と、不安げな面持ちで勇次が現われた。

歳のころは三十くらいか、板前にしては痩《や》せていて、なかなか苦み走ったいい男である。

「おい、おめえは花山さまの賭場に顔を出してるんだってな」

栗田はいきなり言った。

「え」

勇次は青ざめた。

「すぐに引っ張ろうと思えば引っ張れるんだが、女将の火傷騒ぎが先だ。正直に言ってくれたら、賭場の件は見逃してもいいんだぜ」

「なんでしょう？」

「きれいな娘に出す料理に、毒を盛ったりしたんじゃないのかい？」

「滅相もない。そんなことしてませんよ、勘弁してください」

勇次は慌てて手を振った。

「だが、すず風で飯を食った美人がひどい目に遭うって聞いたぜ」

「それは、おかみさんが……」

少しだけ言い淀《よど》んで、

「料理を盛る器に、あっしも葉っぱを敷いたりするんですが、きれいな娘の膳の葉っぱを別のものに取り換えたりしていたんです」

「だったら知ってて見逃していたんじゃないか」

「いや。だって、こっちのほうがきれいよ、とか言うもんですから」

「なんの葉っぱだ？」

「あっしはそういうのは詳しくないんで。ただ、女将さんは植木屋の娘だったから詳しくて。たぶん、うるしみたいな、かぶれる葉っぱだと思うんです」

「なるほどな。それで、近ごろは誰にそれをやった？」

「五丁目で飲み屋をやっているお京《きょう》さんという人に。なんでも、かぶれがひどくなっていると聞きました」


勇次を帰すと、栗田たちは五丁目の飲み屋に向かった。

まだ店は開いておらず、お京らしき女が、店の前を掃いていた。たしかに、目の周囲がかぶれたみたいになっている。黒ずんでもいる。あれではどんなに目鼻立ちが整っていても、美貌は半減してしまう。

店のなかでは、若い男が調理場で仕込みをしているらしい。

その男を見て、

「あいつです。身体つきに覚えがあります」

と梅次が言った。

「よし、声も聞こう」

坂巻がさりげない調子で店の前に立ち、

「おい、落ちてたぞ。お前のじゃないか？」

と、番屋から持って来た懐炉を見せた。

「あ、そうです。どこに落ちてました？」

言いながら出て来たところを、坂巻が帯に手をかけ、逃げられないようにして、

「すず風の女将の頬を焼いたのはお前だよな？」

十手を構えながら近づいて来た栗田が訊いた。

「あ」

「お京の仇《かたき》を討ったんだろ？」

「仇ってなんですか？」

とぼけるつもりらしい。

そこへ、梅次も顔を見せて、

「おい、あの日の前の晩もおめえと会っているよな？」

これでもう言い逃れはできないと思ったのだろう。

「あいすみません。お京さんがあんまり可哀そうで。あの女が自分の顔を焼いたなんてふざけた噂を流しているのを聞いて、どうにも我慢がならなくなりました」

男はがっくり肩を落とした。

「梅次。お手柄だ」

栗田が梅次の後ろから、そっと言った。

第三章　異国の呪文

一

話は少しさかのぼる——。

白金で四人の娘が行方不明になり、さらに娘一人の遺体が見つかるという事態で、南町奉行所の外回りの多くの人員が、白金のほうに動いたときである。

その日の夜、三十間堀《さんじっけんぼり》に架かる三原橋の木挽町《こびきちょう》寄りのたもとで、人が殺されていた。

報せが入ったとき、すぐに動けるのは、定町回り同心の若林小太郎《わかばやしこたろう》しかいなかった。

若林は、定町回りとはいっても、数か月前に見習いを終えたばかりで、きわめて経験に乏しい。

報せを通したまだ十八歳の例繰方の見習いが、思わず、い。


「大丈夫ですか？」

と、訊いたほどである。

　本来なら、経験豊富な同心が付き添うべきだが、いないのだからどうしようもない。

　しかも、奉行所から出ようとしたとき、よほど慌てたのか、敷居に足を取られて転び、敷石に額をぶつけて割ってしまった。

　傷自体はたいしたことはないのでそのまま走ったが、血が流れている。だからといって、膏薬《こうやく》など貼っている暇もない。

　顔じゅう血だらけにして、中間二人とともに現場に駆けつけた。

　逆に、凄味は出たかもしれない。

「どいてくれ。町方だ」

　そう声をかけると、集まっていた野次馬たちが若林の顔を見て、いっせいに逃げるように道をあけた。

　前に出ると、なるほど男が倒れている。ちょうど桜の木の陰になっている。

　すでに来ていた木挽町の岡っ引きが訊いた。

「旦那、大丈夫ですか？」

「なにが？」

「顔が血だらけですが？」

「ああ。ちょっとつまずいただけだ」

「そうでしたか。斬り合いの途中で来たのかと思いましたぜ」

岡っ引きは苦笑してそう言い、番太郎に濡れ手ぬぐいを持って来るよう言った。

「どれ、遺体を見よう」

若林は、多少おっかなびっくりだが、提灯で死体を照らした。

町人である。三十前後といったところか。

「誰か、争っているところを見たか？」

周囲を見回して訊いた。

返事はない。誰も見ていないらしい。

「見てはいませんが……」

と、野次馬の一人が言いたそうにした。

「なんだ？」

と、若林は訊いた。

「殺されている男の身元はわかります」

「誰だ？」

「向こうの木挽町六丁目にある矢場のあるじで、〈ちょっかい出しの京太郎《きょうたろう》〉と呼ばれている男です」

「ちょっかい出し？」

「若い女とみると、ちょっかいを出さずにいられないんです。他人の女だろうが、なんだろうが、とにかく口説くという嫌な野郎です」

「それは嫌なやつだなあ」

若林は、同心としては言わずもがなのことを言った。

「今日の夕方も、そのことで喧嘩になってました」

「誰と？」

「すぐそこで店をやってる亀次《かめじ》という板前です」

「口喧嘩か？」

「いや、つかみ合いになってましたよ」

「どっちが勝った？」

「ええと、京太郎のほうが優勢でしたね」

「じゃあ、亀次は恨んでいるわな」

明らかに疑わしい。

——ん？

もう一度、遺体に目をやると、傷口に妙な丸いものが見えている。

「あれ、凶器がまだ残ってるな」

と、岡っ引きに言った。

「ほんとですね」

「お前、引き抜いてくれ」

若林は命じた。

だが、深く入ってしまって、なかなか取り出せない。

「もっと、こう、ぐっと」

そう言いながら、若林はちょうど届いた濡れ手ぬぐいで、顔をふいた。

血がぬぐい取られると、現われたのはまだ幼さが残る、いかにも頼りなげな若者の顔である。

「おっと。やっと取れました」

岡っ引きは、取り出したものを上に掲げるようにした。

「なんだ、それは？」

若林が提灯を向けながら言った。

「なんですかね？」

岡っ引きもわからない。

野次馬たちも皆、首をかしげたが、

「亀次じゃないかもな」

と、そのうちの一人が言った。

「なんでだ？」

若林が訊いた。

「あいつは、カッとなると、すぐに包丁を持ち出す男ですよ。そんな妙なもので刺すなんて、なんか変だよな」

その言葉に、周囲の野次馬もうなずいた。

「亀次の店はどこだ？」

若林は立ち上がって訊いた。

「そっちです。〈亀さん〉というのれんを出してますよ」

のぞきに行くことにした。そのまま捕まえることになるかもしれないので、中間二人とともに向かった。

「ここだな」

のぞくと、客がいた。

店主の亀次は、客と笑いながら話している。

のれんを分けて、

「おい、亀次」

と、若林は声をかけた。

「え?」

「京太郎は知ってるよな?」

「ちょっかい出しの京太郎ですか? 嫌な野郎ですよ。あいつの話はしたくないんです」

「三原橋のところで殺されたよ」

「え!」

亀次と同時に客も驚いた。

「お前、やったのか?」

と、若林は訊いた。

「馬鹿な。あっしはずっとここにいましたよ」

亀次がそう言うと、

「ああ、そうですぜ」

客も証言した。

「ふうむ。また、話を聞きに来るかもしれねえが」

そう言って、若林は現場にもどった。

二

この晩遅くになって――。

根岸は栗田、坂巻、梅次の三人から白金の状況について報告を受けているとき、部屋の隅に定町回りの若い同心が来ているのに気づいた。だが、栗田たちの話が冗談のようなものになっても、いっしょになって笑ったりしていたので、用があって来たのではないのだろうと思っていた。

「もう、遅い。そろそろ」

と、話を切り上げて、私邸のほうへもどろうとしたとき、

「あのう、お奉行……」

若林が声をかけた。

「なんだ、若林。用事だったのか」

栗田は言った。

「は、すみません」

若林は恐縮している。

「どうした？」

「じつは、これのことで」

と、さっきの遺体の傷口で見つかった凶器を出した。すでに血は洗い落として、晒《さらし》に包んである。

短刀のような形だが、柄《つか》と刃が分かれていない。先は尖っているが、刃状にはなっていないので、刺すことはできても切ることはできない。しかも薄いので、刺したときよく曲がらなかったと思うほどである。

尻のところが丸く輪っか状になっているのも、用途が想像できない理由の一つだったた。

「なんだ、これは？」

根岸は首をかしげた。

「お奉行もおわかりになりませんか。じつは……」

と、若林は三原橋のたもとで起きた殺しのことを説明した。

「疑わしい男はいるが、この凶器とは結びつかないわけか」

「そうなのです」

「それは気になるな。助けを出したいが、いま、面倒な事件で人手が足りぬ。そなたがその道具の正体を当たってみてくれ」

「わかりました」

若林が下がったあと、

「若林はどんな男だ？」

と、根岸は栗田に訊いた。

「若林のところは代々、定町回りを出している家でして、おやじがこの前、亡くなりました」

「そうだったな」

根岸も葬儀に顔を出している。享年五十一で、急な病で亡くなった。

「倅《せがれ》の小太郎は一年前から見習いには入っていましたが、急遽、後を継いだので、慌てたみたいです」

「いくつだ？」

「二十五です」

そう若くもない、と根岸は思った。

「ずいぶん遠慮がちだったな？」

「ええ。気は弱いですね」

「そうか」

「考え過ぎるところもあります。頭がいいのでしょう」

「なるほど」

「だが、あれで、剣の腕はかなりのものです」

「そうなのか?」

それは意外だった。

「道場だと、わたしと五分です」

「そなたと五分!」

栗田は八丁堀でも一、二を争う遣い手なのだ。

「ただ、実戦でどうかはわかりません」

「ま、それはまた別だからな」

根岸は心配そうな顔をした。

三

翌朝早くから、若林小太郎は三原橋界隈で訊き込みを開始した。

訊き込みは嫌いではない。むしろ、好きである。

いろいろ訊いていくうち、つい余計なほうに話がはずんだりもする。もちろん、直接調べの役には立たないが、そういう積み重ねこそ大事だろうと、若林は感じている。

だが、死んだおやじからは、

「余計な話をする暇があったら、一人でも多く話を聞け」

と言われたものだった。

采女《うねめ》ヶ原《はら》に近いところの下駄屋に立ち寄った。

「よう、おやじさん」

「なんですかい？」

「これを知らないかい？」

と、晒を開いて見せた。

「え？　なんですか、そりゃ？」

「見たことがないか？」

「ないです。でも、なにかの道具でしょうね」

「道具か。なんだと思う？」

「下駄職人の道具じゃないことは確かです」

「それはおれだってわかるよ」

おやじだったら、ここで切り上げ、次の人に話を聞くだろう。だが、自分は父親のやり方とは違う。じっくり相手の話を聞く。

「あっしが思うに……」

「おう、なんでもいいから言ってくれ」

「貝の殻を剝いているやつの道具じゃないですか。ほら、はまぐりだの、あさりだの殻を剝いてますよね」

「うん。剝いてる。なるほど、それはいいところに目をつけたな」

「でしょう」

「ここらに貝剝きをしてるところはあるかい？」

「深川のほうには多いですが、ここらは……本願寺の裏のほうにいくつかありましたね」

本願寺の裏手に向かって若林は歩いた。

築地の海が見えてきて、それから匂い、音の順にやって来た。

葦簀《よしず》で囲われた家があり、なかで娘が貝剝きをしていた。

「よう、姉さん。これって、貝剝きの道具かい？」

「え？　そんな変なものは使いませんよ。あたしはこれですけど」

娘は五寸釘みたいなものを見せた。それで、あさりの殻を凄い速さで剝がしていく。

「もっと大きな貝のときは別のやつを使うんだろう？」

「いいえ、はまぐりでもなんでも、ぜんぶこれですよ」

「へえ。すごいね」

若林はほんとに感心している。

娘は色こそ黒いが愛らしい顔立ちで、すらりと伸びた脛《すね》も美しい。もう少し話をしていたかったが、

「それって、機織《はたお》りの道具じゃないですか？　木挽橋のたもとの呉服屋で、機織りもやってましたよ」

早く行けとばかりに顎をしゃくられた。

仕方なく、木挽橋のたもとにやって来ると、なるほど呉服屋のなかで、ぱたんぱたんと機織りの音がしている。

「ちと訊きたいんだが、これは機織りで使う道具かい？」

店の前にいたあるじだか番頭だかに訊いた。

「いいえ、機織りにこんな金具は使いませんよ。なんですか、これは？　三味線のバチじゃないですか？　三原橋のたもとに三味線屋がありますよね」

結局、三原橋にもどって来た。

だが、訊き込みというのはそんなものだろう。若林は、手間暇は惜しまない。

「ちっと訊きたいが、これは三味線のバチかい？」

帳場に座っている女に訊いた。

「いいえ、そんなバチはどんな名人でも使いこなせないと思いますよ」

「だよな」

「でも、それと似たようなものを、お旗本のお坊ちゃんたちが投げていたような気がしますよ」

するると、三味線を見ていた客も、

「うん。あたしも見た」

「どこで？」

「そっちの馬場んとこで」

指差したのは、采女ヶ原の馬場である。

ついに尻尾を掴《つか》んだかもしれない。

若林はいそいそと馬場まで行ってみた。

すると、たしかに旗本の家の息子らしき連中が三人ほどいる。ただ、なにかを投げているのではなく、単に馬を眺めていたらしい。

「町方の者だがな」

若林は声をかけた。

「はい？」

「これに見覚えはないか」

三人のうちの一人が、

「ああ、それ、青山《あおやま》たちが持ってたな」

「寄合《よりあい》の青山家の三男坊ですよ。高家《こうけ》の畠山《はたけやま》んとこの倅なんかとつるんでます」

「青山？」

「ふうん」

寄合も高家も、大身の旗本がなる身分である。

「そいつらを呼んで来てはもらえないか？」

「あいつら、なにかやらかしたのですか？」

面白そうに訊いた。

「それはわからぬ」

「呼んで来るのは難しいけど、門のところまで案内しますよ」

三人は興味津々《しんしん》のようすで、とりあえず青山家まで付いて来て、三男の大三郎《だいざぶろう》を呼び出してくれた。隠れてなりゆきを見守るらしい。

青山大三郎が出て来た。

いかにも生意気そうな、十四、五の若者である。

「町方だがな」

「はあ」

「これを知らぬか？」

と、例のものを見せた。

「知らないね。くだらないことで呼び出すなよ」

そう言ってなかに入ってしまった。

取りつく島もない。

その態度に、若林は位負けしたような気になってしまった。

やりきれない気持ちのまま奉行所にもどって、武鑑《ぶかん》を見てみた。

寄合、青山主水《もんど》、五千石。

高家、畠山重蔵《じゅうぞう》、三千二百石。

「うわぁあ、こりゃあ駄目だろう」

若林は、机に突っ伏してしまった。

そのときである。

「どうした、若林?」

声がしたほうを見ると、根岸肥前守がいる。

たまたま通りかかって、突っ伏した若林を目にしたらしかった。

四

「いや、忙しいお奉行に恐縮ですので」

足早に歩く根岸に、若林がすがるように声をかける。

いっしょに歩く同心の椀田豪蔵《わんだごうぞう》は面白そうに微笑《ほほえ》んでいる。椀田のほかにも、根岸家の家来もついて来ている。

たちまち築地の青山家まで来て、大三郎を呼び出した。

「町方がなんだよ。しつこいな」

そう言って出て来たところを、根岸はいきなり胸倉を摑み、頰を一発、二発と張った。

「な、なにすんだ」

「やかましい。大人を舐《な》めるなよ」

もう一発張った。

「あ、すみません」

迫力と剣幕に負けたらしく、青山は急に素直になった。

「人殺しの取り調べをしているのだ。返事次第では、牢に叩き込むぞ」

「え、なんでしょう？」

「これを見たことはあるな？」

「あ、はい」

「お前のものか？」

「はい。畠山剣之丞《けんのじょう》にもらいました」

「よし。畠山のところに案内しろ」

そこで呼び出すと、これがまた、いかにもタチの悪そうな若者である。

「なんだよ、町方って？　青山、誰？」

根岸を見ながら、連れて来た青山に訊いた。

「なんだか、昔のわしを見るようだな」

「だから、誰、あんた？」

根岸はまたも、いきなり頰を張った。

「それが見知らぬ年長者に対する口の利き方か？」

「なんだ、きさま！」

畠山はすぐに拳《こぶし》を出してきた。が、根岸はこれをのけぞってかわし、足を飛ばした。

手を伸ばし、畠山の袖を摑みながら、足を跳ね上げ、身体をひねった。

これを横に飛ぶように逃げたところは、なかなか動きがいい。

だが、わきに柔術の達人である椀田がいたものだから、逃げた横から手を伸ばし、持ち上げて地面に叩きつけた。

「げっ」

椀田はそのまま巨体でのしかかり、尻の下に敷いた。

畠山は激しく抵抗するが、椀田の強さは人並み外れている。

「苦しいな、放せよ」

「じゃあ、暴れるな」

根岸がわきから言った。

「誰だよ、あんた？」

「南町奉行、根岸肥前守鎮衛」

「町奉行……」

畠山の身体の力がいきなり抜けた。

椀田も上から下りて、助け起こしてやる。

「これ、知ってるよな」

根岸が例のものを見せた。

「はい」

「なんだ？」

「南蛮の手裏剣です。たぶん、伊賀者が使う」

畠山は真面目な顔で言った。

「南蛮の手裏剣を伊賀者が使うのか？」

根岸も真面目な顔で訊いた。

「いや、伊賀者というのはわたしの想像です。手裏剣を使うのは、江戸では伊賀者だけでしょうから」

「それをどうしたんだ？」

「拾ったんです」

「嘘じゃないな？」

「本当ですよ」

「よし、乱暴した詫びに飯をおごる。腹も減ったしな。詳しい話は食いながらだ。来い」

根岸は先に歩き出した。

「はあ」

青山大三郎と畠山剣之丞は、呆気に取られたように付いて行く。

根岸が連れて来たのは、三原橋にも近い広々とした料理屋である。

根岸は顔なじみらしく、

「まぐろの卵とじ飯をわし以外は大盛りで頼む」

と言い、若者二人を前に座らせた。椀田と若林と、ほかに根岸家の家来が二人、少し離れて座った。

注文の品はまもなく来た。まぐろとネギを甘辛く煮たものを卵でとじたのが、飯の上にたっぷりかかっている。

若者二人は、一口食べて嬉しそうにした。

「うまいだろう。お前たちは家で上品なものばかり食ってるだろうからな」

まぐろのような下魚《げざかな》は、ふつう旗本の家ではまず出されないのだ。

「うまいです」

「それでなんだって？　拾ったんだって？」

「ええ。そこの橋の手前でした。それで拾ったあと、まもなく男が来て、このあたりに、なにか落ちてなかったかって訊いたんです」

飯をかき込みながら、畠山は答えた。

「なんと、答えた？」

「なにかって、なんだと訊きました」

「すると？」

「南蛮の手裏剣だと、声を落として言ったんです。でも、知らないというと、向こうのほうに行ってしまいました」

「猫ババしたわけか？」

根岸は、流行り言葉を言った。猫好きの婆さんが、借金を返そうとしなかったことから、他人のものを自分のものにするという意味でつかわれるようになったらしい。

「ええ、まあ」

と、畠山は笑った。

「それで、凄い武器が手に入ったと興奮したわけだ」

と、根岸は言った。この年ごろの若者なら当然のことだろう。

「ええ。しかも、このあたりで伊賀者がなにをしていたんだろうと考えたら、わくわくしてしまって」

「なるほど。それで、投げる稽古をしていて無くしたのか？」

「そうです。ただ、それは本物じゃないです」

「本物じゃない？」

「面白がって、鍛冶屋で同じようなものを十本ほどつくらせたのです。だから、それは贋物です」

「本物は？」

「屋敷にあります。取って来ます」

ちょうど最後の一口を食べ終え、畠山は立ち上がった。

近いのですぐにもどって来て、

「これです」

と出したのは、贋物より色が明るい。金が混じったような色合いである。

「なるほど」

南蛮のものというのはわかる気がする。かたちがなんとなく日本のものとは違う。

椀田がわきから、

「これでわかったな。殺しの下手人は、ほかの刃物で刺し、その傷口にこれを埋め込むようにした。たまたま落ちていたのを咄嗟《とっさ》に利用したのか、拾っておいて、自分がやったのではない言い訳にしようとしたのか、まあ、後者だろうな」

と、若林に言った。

「すると、やはり下手人はあいつですね」

若林は立ち上がって、亀次の店に向かった。

五

「いま、宮尾は奉行所にいるかな？」

根岸は家来に訊いた。

「さっき、白金から帰ったところでしたので、いると思います」

「ここに呼んで来てくれ」

まもなく、宮尾が駆けつけて来た。坂巻もいっしょで、白金のなりゆきのことで相談ができたらしい。

「先にこっちを片づける。宮尾、これを見てくれ」

と、本物のほうの南蛮の手裏剣を見せた。

「なんです、これは?」

「南蛮の手裏剣という触れ込みだが、どうだ?」

と、根岸は訊いた。宮尾は、手裏剣の名手である。

だが、一目見て、

「御前、これは手裏剣ではありませんよ」

「なぜ?」

「これは飛びませんよ。まっすぐ飛ばすというつくりになってません」

「そうだな。では、なんだと思う?」

「武器ではないでしょう」

「そうだよな」

そもそも砥ぎを入れ、刃にしていないのだ。

「たしかに、南蛮の手裏剣と言ったんだな?」

根岸は畠山に訊いた。

「はい。こんなふうに、指を回すようにして、ちょっと考えてから」

「ほう。指を回すようにしてな」

根岸は考えて、

「もしかしたら、南蛮の呪文のようなものかな」

坂巻を見て言った。

坂巻は、すぐに例の『耳袋』の記事だと察したらしく、すこし考え、

「あれですね。『羽蟻《はあり》を止める呪《まじな》いのこと』？」

と題を言った。

根岸の家来では、坂巻がいちばん『耳袋』を熟読していて、根岸が忘れているようなことも覚えていたりする。

その記事というのは、次のようなものだった。

羽蟻が出て、増える一方のときは、

「双六《すごろく》のおくれの筒に打ちまけて羽蟻はおのがまけたなりけり」

という歌を書いて、

「フルベフルヘト、フルベフルヘト」

と唱え、貼っておけばいなくなると、与住《よずみ》という御仁が話していた。

これだけの短い記事である。

「あれも妙な話ですね」

と、坂巻は言った。

「そうだな」

「あの呪文で、本当に羽蟻がいなくなりますか？」

「なるわけないだろうな。呪いなど、ほんとに効いた例《ためし》はないとわしは思う。ただ、気休めにはなるし、呪文を唱えるような場合は、湯をかけてみたり、ほかのこともやっていたりするのさ」

「では、なぜ、御前はこの話を？」

「うむ。その羽蟻はおそらく南蛮国あたりから来たもので、そのことを隠そうとしているると疑ったのだろうな」

「南蛮からの羽蟻ですか」

「家具などを持ち込むとき、裏のほうに巣食っていたりするのだろうな」

「ははあ」

「抜け荷で入って来たのかもしれないとな」

「そういうお疑いでしたか」

と、坂巻は納得した。

『耳袋』に記された記事には、たいがいほかの真相や事情が隠されている。根岸はそういったものを選んで『耳袋』に載せているのだ。

「では、この南蛮の手裏剣も、じつは別の隠すべきものなのですね？」

「うむ。そうではないかと思うのさ」

「では、まだまだ訊き込みをつづけさせるしかないですね」

と、椀田が根岸に訊いた。

「まずは番屋だろうな。その南蛮の手裏剣を無くした男は、おそらく番屋にも相談しているはずだぞ」

「たしかに。すぐに当たらせます」

と、椀田は立ち上がった。

六

夕方——。

若林が、奉行所の根岸のところにやって来た。

「どうした？」

「まず間違いなく亀次だと思います。わたしが一度、店に行ったとき、客がいて、ずっといっしょだったというようなことを言ったのですが、あらためてその客に訊きますと、店に行ったのは暗くなってからで、そのときあいつは必死になって手を洗っているみたいだったと。血生臭かったとも言ってました」

「なるほど」

「その客も、京太郎と亀次のあいだで喧嘩があったことを知ってました。亀次とい い仲になりつつあった近くの煮売り屋のおたねという娘に、京太郎がちょっかいを出し始めていたみたいです」

「娘のほうはどうなんだろうな」

「まだ聞いてませんが」

「それで亀次は?」

「吐きそうで吐かないのです」

「吐きそうで吐かない? ごちそうを食べたあとの悪酔いみたいだな」

根岸はそう言って笑い、もう一度詳しく、亀次のことを訊いた。

「なるほど。それは女の気持ちがからむことかもしれないな」

「女の気持ちですか?」

「亀次はどこにいる?」

「大番屋に入れました」

「うむ。連れて来てくれ。わしが話す」

また、根岸は梅次に煮売り屋の娘の話を聞いて来てくれと命じた。

まもなく亀次が連れて来られた。

牢には入れず、奉行所内にある小さな板の間に座らせた。

「亀次、京太郎の悪評はいろいろ聞いた。まったくもって、ひでえやつだな」

と、根岸は話しかけた。

若林は、少し離れたところで聞いている。

亀次は黙って俯いている。

「わしも気持ちはわかる。若いころ、似たようなことがあって、女にすぐちょっかいを出すやつを憎んだことがある。また、そういうやつは女にもてるんだよな」

根岸が悔しそうに言うと、亀次は顔を上げ、意外そうに根岸を見た。

「わしは、結局、女を取られたよ。あまりに呆気なく取られたので、殺すまでは憎まなかったが、そのあと、別のときに喧嘩になったことがあり、ぼこぼこにしてやった」

嘘ではない。まだ、十七あたりの、いまも盟友の五郎蔵《ごろぞう》とつるんで遊んでいたころの話である。

「そういうやつは金があるんだ。こっちは金がねえんだ。そういうひがみ根性も、わしにはあったんだろうな」

根岸がさらに話をつづけると、

「ほんとのことなので?」

と、亀次が訊いた。

「嘘なんか言うもんか」

「女はどうなりました?」

「もちろん、すぐに捨てられたよ。当たり前じゃねえか」

「ですよね。女ってのは、そこらがわからないんですかね」

「どうなんだろうな」

根岸が首をひねったとき、梅次がもどったと、遠くで坂巻が合図をくれた。

「ちょっと待ってくれ」

根岸は立ち上がり、梅次のところに行った。

「どうだった?」

「おたねは京太郎が殺されたというのは、人づてに聞いてました。ただ、亀次が下手人とは思っていなかったみたいです」

「ほう」

「それで、たぶん亀次がやったと伝えると、そんなことしなくても、あたしは京太郎なんか相手にしてなかったのにと、そう言って泣きじゃくりました」

「そうか」

根岸はうなずき、亀次のところにもどった。

「いま、手下の岡っ引きが、おたねに会って来たそうだ」

「え」

亀次は不安そうな顔をした。

「安心しな、亀次」

「安心?」

「おたねは京太郎になびく気なんか、これっぱかりもなかったってさ」

つまりは、無駄なことをしたわけである。

だが、亀次はそうは思わないだろうことを、根岸はわかっている。

「そうでしたか」

やはり、ホッとした顔をした。

「それから、おたねは泣いたとさ」

「……」

つらそうに顔が歪んだ。

「おめえにはいっぺん会わせてやるよ」

「おたねにですか？」

「ああ。だから、すっかり吐いちまいな」

「わかりました」

そう言って、亀次は号泣《ごうきゅう》した。

根岸は後はまかせるというように若林にうなずきかけ、奉行の部屋にもどった。

つらい話だった。

男の純情――と言えなくもないが、あまりにも愚かな、取り返しのつかない犯行だった。

七

奉行の部屋には椀田が来ていた。坂巻もいた。栗田はまだ白金からもどっていないらしい。

「例の南蛮の手裏剣の男は、すぐ近くの木挽町の番屋にも、落としものの相談に来ていました」

と、椀田が言った。

「それが、殺しのときになぜ、わからなかった？」

根岸は訊いた。

すぐ落としものとわかれば、根岸も若者の頬を張ったりする必要はなかったのだ。

だが、あれはあれで、連中にはいい体験になったはずである。

「相談された番太郎は、殺しがあったときは非番になっていて、翌日には若林が持って行ってしまい、現物は見てなかったそうです。それで、まるでぴんと来なかったんだそうです」

「なるほどな」

だが、間が悪かったでは済まされない。非番の者は、自分が関わったことをきちんと書いて、わかるようにしておくべきだろう。

根岸はそれを注意し、

「それで、落としたのは何者なのだ？」

と、訊いた。

「時計師でした」

「時計師か」

根岸はそこでぴんと来て、

「そうか、針だ」

と、言った。

「針ですか？」

椀田はわからない。

「南蛮の時計には、時刻を示す針がある。それがくるくると回るのだ」

「だから、手裏剣だと言ったときに、指をくるくる回したのですね」

と、坂巻が言った。

「そういうことだ」

「腕のいい時計師だそうです。その道では有名な男のようです」

椀田が言った。

「会ったのか？」

「出かけていて、もどったらここに連れて来ることになっています」

「そうか」

それからしばらくしてである。

当の男がやって来たが、

「時計師の誠吉《せいきち》でございます。このたびは紛失した時計の針を見つけていただき、ありがとうございます。なにかお話がおありとのことですが、じつは時計の修理の件で、本石町の〈長崎屋〉さんまで急いで行かなければなりません。それを済ませたあとではまずいでしょうか？」

恐縮しながら早口で訊いた。

「長崎屋の時計の修理？　わしも同道してよいか？」

「え、それは」

立場上、即答はできるわけがない。

「よい。大丈夫だ。長崎屋源右衛門とはわしも懇意だ」

根岸は行くことにした。

椀田と宮尾を連れ、根岸は時計師の誠吉とともに長崎屋に急いだ。

「修理するという時計は、その針の時計か？」

根岸は歩きながら誠吉に訊いた。

「そうです」

「それは長針のほうか、短針のほうか？」

「短針のほうです」

「であれば、時刻を示すから、ないとわからぬな？」

「よくご存じで。はい。いまは、仮の針をつけてますが、ただ故障はそれが原因ではありません」

「だが、短針がその大きさだと、時計は相当大きいな」

「大きいです。しかも、大名時計ではなく、からくり時計になってまして」

「ほう」

するとわきから、

「御前。このあいだ辰五郎が、長崎屋でなにかが止まりそうだというのでばたばたしていたと言ってました。それは時計のことですかね？」

と、宮尾が言った。

「あ、そうです。岡っ引きの親分が来ていたときも、止まりそうになってました」

誠吉が思い出したように言った。

「一度止まると面倒なのか？」

根岸が訊いた。

「というより、止まるところが見られたら、故障の原因の見当もつけやすいのです」

「そういうことか」

そんな話をするうち、長崎屋に着いた。

誠吉が長崎屋の入口を入ると、

「あ、誠吉さん。例の時計がまた止まったんだよ」

あるじの源右衛門はそう言ったあと、誠吉の後から入った根岸を見て、

「これはお奉行さま」

と、啞然とした。

「む。時計の針を拾ったら、それが長崎屋にある時計のものだというので見に来たのだ」

「そうですか。じつは、わたしどもの時計ではなく、一時、預からせてもらっているだけで」

「預かる？　誰から？」

「さあ。わたしどもは天文方のお役人から言われたのですが、天文方のものではないそうです」

「そうなのか」

根岸は、誠吉のあとに、それが置かれた部屋に入った。

「これは……」

見たこともない奇妙な時計だった。

八

根岸が急にいなくなった奉行所で、坂巻が白金からもどった栗田と、いろいろ打ち合わせていたときだった。

「坂巻さま。門のところに女が来て、この文をお届けしてくれと」

そう言って、門番が文を渡した。

「女が？」

「おゆうという名前だと言ってました」

「おゆうさんが……」

慌てて文を開いた。

「よう、よう」

栗田が小さな声でからかうように言った。

「え？」

坂巻は啞然とした。

「どうした、坂巻？」

「これを」

と、文を栗田に見せた。

文面はこうだった。


娘たちは無事だ。必ずお返しする。捜さぬほうがよい。


これだけだった。

「まさか、白金のいなくなった娘たちのことか？」

栗田が訊いた。

「そうだろうな」

だが、それをなぜ、おゆうが届けて来たのか、坂巻には見当もつかなかった。

第四章　南蛮魔術

一

「これは、からくり時計なのです」

と、〈長崎屋〉が言った。

ふつうの南蛮時計は、半間（約九一センチ）ほどの高さで、火の見櫓のようなかたちをしている。上のほうに文字盤があり、下の隠されたところには振り子が入っている。

だが、この時計は四つ足の上に大きな箱と文字盤のある小さな箱が載っている。大きなほうはみかん箱ほど、小さなほうは骨壺を入れる箱ほどである。

「どんなからくりがあるのだな？」

根岸が訊いた。

「はい。お見せしますので、少々お待ちくださいまし」

長崎屋が言った。

誠吉は、その時計の仮の針を外し、持って来た針をはめると、ぴたりとあった。

さらに誠吉が修理をほどこして、

「まもなく、夜の九時を打ちます」

「九つ（十二時）か？」

「いえ、九つとはまったく別です」

一同は、カツコツという振り子の音に耳を傾ける。やがて、長い針が真上に、短い針が左の真横に来た。

キンコーンと鐘が鳴ると同時に大きな箱の扉が開き、なんと裸の女の人形が二つ、踊りながら回り始めたではないか。女は片方が金色、もう片方は茶色の髪をして、どちらも一糸まとわぬ素っ裸である。腰巻さえつけていない。

「ほう。これは」

根岸も思わず苦笑してしまう。

「いいですねえ」

宮尾はいかにも嬉しそうである。

「なかなか色気たっぷりではあるが、時刻を告げるたびに裸の女が現われるのは、趣向としてはどんなものかな」

根岸がそう言うと、

「おっしゃる通りでございます」

長崎屋もうなずいた。

「品《ひん》のよしあしはともかく、からくりのほうはかなり精巧なものです」

と、誠吉が言った。

「オランダ製か？」

根岸が訊いた。

「どこなのでしょう？　そこに小さな横文字が入っているのですが……」

「宮尾。書き写しておいてくれ」

宮尾は目を近づけ、歯車の盤に刻んである文字を写そうとするが、見たことのない文字を写すのは難しそうだった。

「天文方の誰が来たと言ったかな？」

根岸は長崎屋に訊いた。

長崎屋はちょっと言い渋るようだったが、南町奉行に直接訊ねられて、答えないわけにはいかない。

「島岡《しまおか》さまとおっしゃる方です」

「天文方のものではないというのは？」

「ここには出島のカピタンからの荷物ということで届きました。いままでも、何度もそうしたことはあったので、わたしもなにも疑うことなくお預かりしていたのです。まもなく天文方の島岡さまが来られてこの荷物をほどかれ、動かし始めたところ、このからくりをご覧になり、これは違うと」

「なるほど」

「それで、どうしたらよいのかお訊きすると、高尾《たかお》という人が取りに来るので、このまま置いといてくれとおっしゃいました」

「動かしておくように言われたのか？」

「時計というのは、動かしておいたほうがいいというので」

「そうだろうな」

「ただ、途中で止まったりして、慌てました」

「ははあ」

「誠吉さんを呼んで訊ねると、どうもいくつか不具合があると。それで、針などを修理してもらっていて」

「あっしが間抜けにも落っことしたりしたわけです」

と、誠吉が言った。

「そういうことか」

とりあえず、宮尾に天文方に行ってもらうことにした。

二

宮尾の帰りを待たず、根岸が南町奉行所にもどると——。

「御前、じつはこんなものが……」

坂巻が神妙な顔で一枚の紙を差し出した。坂巻の最愛の女であるおゆうが届けに来たらしい。

「ほう、これを」

「おゆうさんがこの一件にからんでいるとは思いませんでした」

「この字はおゆうのものか？」

根岸が訊いた。

「……………」

坂巻はじっと見つめている。

「どうだ？」

「いざ訊かれますと、おゆうさんの字を見たことがあったか、自信がなくなってきました」

坂巻は情けなさそうに言った。

「言葉遣いは、男のようですね？」

と、栗田は言った。

「ま、そうだが、おゆうは忍びの女だしな」

「あ、わからなくさせますか」

「だが、娘たちが無事というのは本当のようだな」

「はい」

坂巻はうなずいた。

おゆうが持って来た文なら信頼できる。

「どうします？」

「これはこれとして、いままでどおり、警戒はつづける」

と、根岸は言った。

そこへ——。

宮尾がもどって来た。

「どうだ、まだ人はいたか？」

「はい。さすがに天文方だけあります。司天台《してんだい》には大勢詰めていて、夜空の観察をおこなっていました」

「だろうな」

根岸は司天台には何人か知り合いがいるが、天体観察というのは面白いのである。町奉行を引退したら、ぜひやってみたいことの一つだった。

「天文方の人物は、島岡良平《りょうへい》という男かと思われます」

「いたか？」

「いえ。いま、長崎に出張中でした」

「長崎か」

これくらいの用で追いかけることはできない。

「からくり時計の件は、同僚たちも聞いてました。ただ、時計のことはおもに島岡が担当しているので、詳しいことは当人でないとわからないそうです」

「そうか」

「それと、この文字も見てもらいました。シュナイダーと読むらしいです」

「そんな国があるのか？」

「国ではなく、人の名前だそうです。たぶんこの時計を作った人の名前だろうと言ってました」

「なるほどな」

おそらく島岡なる人物は、単に間違って届けられただけなのだろう。ただ、あの色っぽいからくり時計のことが、根岸は妙に気になっていた。

三

梅次は、小麦粉やそば粉の卸問屋である〈若狭屋〉に来ていた。ここの娘のおせんが、いなくなったままである。

家にいたはずなのにいなくなった。

ということは、連れ去られたのではなく、自ら出て行ったのではないか。

梅次は、おせんの部屋を調べさせてもらっていた。若い娘のものばかりで、梅次はなんだかのぞきでもしているような気持ちになってしまう。気恥ずかしくもあれば、眩しくもある。

ただ、そのうちに気がついたことがあった。

──かんざしがやたらと多くないか？

そう思ったのである。それも、木製やべっこうなどではなく、金《かな》もののかんざしが多い。飾りなどはむしろ少なく、がっちりした拵《こしら》えのものが多い。

──これって、武器になりそうだ。

梅次はそのかんざしを何本か持って、

「おせんさんは、手裏剣とか、短刀術みたいなことって興味はなかったですか？」

と、おせんの父に訊いた。

「ああ。白金の外れにある武芸道場に通っていたことはあります」

「いつ？」

「二、三年前だったですか」

「強かったのですか？」

「どうですかねえ。嫁入り前の若い娘のやることじゃないと、やめさせたのですが、あのまま習わせていたら、かどわかしにも遭わずに済んだかもしれませんね」

おせんの父は悔やむように言った。

もちろん、おゆうの文のことは伝えた。喜びはしたが、まず顔を見ないことには安心もできないらしい。

梅次はその道場に行ってみることにした。

白金台町のいちばん外れ、十一丁目である。

いちおう通りに面した道場で、道場主の名は、伊藤《いとう》伊藤斎《いとうさい》というらしい。

「変な名前だなあ」

窓からなかをのぞくと、稽古が終わったらしく、弟子たちが雑巾がけをしているところだった。

梅次はなかに入り、

「ちょっと訊きたいことがあるんですが」

道場主らしき白髪の男に声をかけた。

「なんじゃ？」

なんだか偉そうである。

「ここにおせんさんという粉屋の娘が習いに来てましたよね？」

「ああ、弟子のことは話せぬ。よからぬやつが調べたりするのでな」

「おいらは町方で、大事な調べなんですが」

梅次は十手を見せた。

「町方だろうが、将軍だろうが、言えぬ」

ずいぶん大きく出たものである。

困っていると、

「だが、わしに勝てたら教えてもいい」

伊藤斎はにやりと笑った。

「おいらは剣術などやったことがありませんよ」

「武芸はやるだろうが」

「そりゃあ十手なら」

捕物のため、辰五郎にも習ったし、稽古もしている。

「それでよい。わしも十手で相手する」

「先生も十手で？」

「わしは武芸百般なんでもやる」

そう言って、道場の隅にある物置みたいなところから、ちょっと錆《さび》が出ている十手を持ち出してきた。

「いいんですかい？」

「ああ、いいとも」

伊藤斎は、背丈はせいぜい五尺（約一五二センチ）ちょっと。梅次は童顔だが、身体は小柄ではない。むしろいい身体になってきている。

伊藤斎の歳のころは、六十はゆうに超えている。もしかしたら七十も超え、じつは八十と言われても驚かないだろう。

筋肉などはそれなりに発達してはいるが、武芸者というよりはむしろ若いとき、働き者の駕籠《かご》かきだったという感じ。まったく強そうではない。

ただ、顔というか表情が、いかにも人を食ったふうで憎たらしいのは、武芸者らしいと言えるかもしれない。

「十手が腕にでも当たれば、折れますよ」

「当たればな」

馬鹿にしたように言った。

「じゃあ、本気で行きますよ」

とは言ったが、やはり梅次は舐めていたかもしれない。

叩き落としてやろうと、相手の十手めがけて打ちかかったのだが、どこをどうされたかはわからない、ひねられた痛みで自分の十手を離してしまうと、たちまち首ねっこのところに十手を押しあてられていた。

「どうじゃ？」

「参りました」

「出直してくるがよい」

梅次は自分でも情けなかった。

四

とはいえ、このまま引き下がるわけにはいかない。どんなちっぽけな手がかりでも、それを得るため全力を尽くさないといけないのだ。

奉行所に行き、ちょうどいた宮尾玄四郎を連れて来た。

道々、事情を話すと、

「伊藤伊藤斎？」

宮尾は笑った。

「変な名前でしょう」

「たぶん伊藤一刀斎《いっとうさい》のもじりだな」

「そういう人がいたんですか」

「一刀流の開祖だぞ」

「へえ」

「それをもじった名前にするくらいだから、けっこう強いのはわかるな」

「そうですか」

梅次には、そういうやつというのは弱い気がするが、宮尾が考えたのは逆らしい。

「わたしでは勝てないかもな」

宮尾は情けないことを言った。

「え？　でも、宮尾さまは名人だとお聞きしてますよ」

「名人のわけがない」

宮尾は言った。謙遜しているのでもなさそうである。

だいたい宮尾という人は、ふだんからどこか気が抜けているようなところがある。話し方も軽い。

――坂巻さまをお連れしたほうがよかったかも。

梅次は内心、そう思った。

「ここです」

「ほんとだな」

〈武芸百般教授　伊藤伊藤斎〉

と書いてある。

窓からのぞくと、午後の部が始まったらしく、十人ほどが稽古をしている。剣だけではなく、薙刀《なぎなた》も多い。男女は半々で、武士らしき男は少ない。

「ご免」

と、宮尾が窓から声をかけた。

伊藤斎は、隣に梅次がいるのを見て取ったらしく、

「なんだ、さっきの岡っ引きの仲間かな」

と、言った。

「そうですよ。大事なことを伺いたくてな。今度はわたしの番です」

と、宮尾は言った。

「貴公の得意な武芸は？」

「手裏剣を少々」

「おう。手裏剣はわしも百般のなかでも一番か二番目に得意だ。相手をしてやろう。そっちから裏庭へ参れ」

伊藤斎は、道場の横を指差した。

道場をぐるりと回ると、なるほど庭に出た。

ここでも武芸の稽古がおこなわれるらしく、傷だらけのかかしや、弓の的を取り付けた棒などが立っている。かかしは三体ほどあるが、かかしとわかっていても可哀そうなくらい、ずたずたにされている。

向かい合うと、

「伊藤流の伊藤伊藤斎だ」

と、名乗った。

「流派というのは特にないのですが、宮尾玄四郎と申します」

梅次はそれを聞いて、流派がないというのに不安を覚えた。

「手裏剣なら、この的で競う」

と、伊藤斎は庭の隅の、小さな的を指差した。

板に三重に丸が描いてある。

「手裏剣の種類は？」

伊藤斎が訊いた。

「なんでもけっこうですが、では、棒で」

伊藤斎は、またも物置から手裏剣を六本持って来て、

「では、三本ずつ打つことにしよう」

「いいでしょう」

「岡っ引き。そっちの道を人が通らないか見ていてくれ。外した手裏剣が当たったりすると大変だからな。あ、わしのときは見てなくてもよいぞ」

伊藤斎はずいぶん失礼なことを言うが、宮尾は平然としている。

「客人から打つがいい」

「では」

宮尾は狙いをつけるでもなく、ひょいと投げた。

それは見事に的の真ん中に突き刺さった。的までは五間（約九・一メートル）ほど離れている。

見ていた梅次は目を丸くした。

「次はわしだな」

伊藤斎は腕を真横から回すように放った。

すると、その手裏剣は先に刺さっていた宮尾の手裏剣を弾き落として、真ん中に刺さった。

「なるほど」

宮尾は微笑み、二本目を放った。

これが、前に刺さっていた伊藤斎の手裏剣を弾いて、真ん中の座を奪い返した。

ところが、次の伊藤斎の二本目がまたしても宮尾の二本目を弾き飛ばしたのである。

「三本目だな」

伊藤斎の言葉にうなずき、宮尾は三本目を放った。いままでよりかなり力を入れたのは、見ていた梅次にもわかった。

すると、それは真ん中の丸の中だが、ぎりぎりの端に刺さった。

「ほう」

伊藤斎は感心した。

もし、伊藤斎の三本目が、深く刺さった宮尾の手裏剣を弾き飛ばすことができなかったら、たぶん真ん中の丸の外に刺さってしまう。それだと、伊藤斎の負けになる。

「こうするしかないな」

伊藤斎が放った三本目は、宮尾の手裏剣とは離れた真ん中の丸の端に刺さった。

勝負を避けたのだ。

「決着がつきませんでしたな」

と、宮尾が言った。

「投げ合うしかないな」

伊藤斎が言った。

「え」

梅次は焦った。それでは真剣勝負をすることになる。

「こうしよう。背中を合わせ、五歩進んだところで、振り向きざまに一本投げる」

と、伊藤斎は言った。

「いいでしょう」

伊藤斎と宮尾は背中を合わせてから歩き出した。

梅次は止めようがない。

五歩進んで、振り向きざま、伊藤斎が投げた。

宮尾は飛んで来た手裏剣を、両方の手のひらで拝むように受けた。

「えっ、あっ」

伊藤斎の手裏剣は、宮尾が摑んでいる。その手裏剣を宮尾が摑み直し、構えたところで、

「参った、参った」

伊藤斎が叫んだ。やはり宮尾はたいした腕前だった。

「それで、なにが知りたい?」

伊藤斎は訊いた。

「ここの弟子に、おせんさんという若狭屋の娘はいなかったですか？」

と、梅次が訊いた。

「来ていたよ。いい腕だった。あの娘も手裏剣の名手だった」

「まさか、おつねさんは？」

「来ていた」

「おさきさんとおつたさん、お菊さんは？」

「お菊というのは違うな。ほかは、すべてうちで学んだ娘たちだ」

「かどわかしに遭ったらしいことは聞いてますか？」

「かどわかし？　いや、聞いておらぬな。四人いっしょにか？」

「別々にです」

「そうだろうな。あの四人をいっしょにかどわかすのは、たとえ腕が立つ男でも、容易なことじゃないからな」

伊藤斎は、呆れたように言った。

この件を宮尾と梅次はすぐさま根岸に報告した。

「武芸の心得がある娘たちがかどわかされたのか？」

「そういうことになります」

「それは面白い」

「武術に長《た》けた娘たちを集めて、どうするつもりなのでしょう？」

宮尾は訊いた。

「それは戦わせたい相手でもいるのかな」

根岸は嬉しそうに言った。

五

無事だと言われても、本当かどうか、確認はしなければならない。

宮尾たちのことは知らないまま、栗田と坂巻が今日も白金に向かっていると、向こうからよいしょの久助がやって来た。

「よう、久助」

栗田が手を上げた。

娘たちがいなくなったことを最初に報せてくれたのは久助である。八十八に遠慮して直接関わってはいないが、ほうぼうで訊き込みはしてくれているらしい。

「じつは、根岸さまに白金から品川方面にかけて、いろいろ探ってみてくれと言われてまして」

と、久助は言った。

「品川ねえ」

栗田は品川などはまるで視野に入れていなかった。

「大きな船が動くときは、ちっと離れたあたりで、ちゃぷちゃぷ波が立つんだそうです。その波を探してくれと言われまして」

「そこなんだよなあ、お奉行の凄いところは。おいらたちとはまるで別なところを見ていたりするんだ」

栗田は感心し、

「それでなにか波は見つけたのか？」

「かどわかしに結びつくような話はまだ聞き込んではいないのですが、ちっと妙な話が入って来まして」

「なんだ？」

「品川で流行っている蘭方医なんですが、こいつがおかしな施術をするようなんです」

「ほほう」

「こいつは、五臓六腑のやまいだけでなく、心のやまいも治すんだそうです」

「心のやまい？」

「といいますか、頭の調子といいますか。おかしな言動をするようになった人間を、もとのように治すんだそうで」

「頭の調子をもどすのがいちばん難しいと聞いたことはあるがな」

「そうなんですか。そいつの施術というのは、まずは水の入った甕に顔をつけさせ、底をのぞくように言うんです。すると、なにかが見えて来ます」

「それは目を開けてたら、なにがしかは見えるだろうな」

栗田がそう言うと、

「それはあれだ。御前が『耳袋』にお書きになった『蛮国人奇術のこと』という話といっしょだ」

と、坂巻がわきから言った。

「どんな話だっけ？」

栗田は忘れたらしい。

長崎奉行の用人だった福井《ふくい》某という男が、江戸に残した母が病んでいると聞き、ひどい気鬱になってしまった。食事も進まず、どんどん憔悴《しょうすい》していく。

そんなとき、そういうやまいは紅毛人《こうもうじん》の医師に診てもらうといいと聞き、出島の医師を訪ねた。

医師は福井の話を聞き、それは治療できると、水を汲んだ盤を持ち出してきた。

「これに顔をつけて」

なかで目を開けると、なんと母が帷子《かたびら》のようなものを縫っている姿がはっきりと見えるではないか。

福井は、母の姿を見て安心したのか、その後、気鬱も治った。

赴任も無事に終え、江戸にもどると、母が意外なことを言うではないか。

「お前のことを思って、お前の帷子を縫っていると、お隣の塀のところからお前が顔を出し、こっちをじいっと見ていたんだよ」

それがいつのことかと問うと、まさに福井が紅毛人の医師のところを訪れた日で、同じ刻限だった。

まさに耶蘇《やそ》の幻術だったのか——と、感心したという話である。

これを坂巻に話してもらい、

「あ、そうだ、そうだ」

と、栗田も思い出した。

「そういえば、その蘭方医は出島にいる紅毛人の医者の弟子だそうです」

久助が言った。

「師匠譲りか」

「ただ、その施術にはつづきがあります。水の底を見せて、なにが見えるか訊くのですが、その次に悩んでいることや会いたい人について尋ね、それについての望みを紙に書かせるのです」

「紙に書く？」

「はい。それから、その紙を火にくべて、神仏の答えを得るそうです」

「ははあ」

栗田は手を叩いた。

「なにか、おわかりに？」

「もちろんだ。だが、それで心のやまいまで治るのか？」

「治るらしいです。そのかわり、かなりの治療費を取られるみたいです」

「やはりな。そりゃあ、医術じゃねえ。金儲けの詐欺だ」

栗田は断言した。

「それだけでわかったのか？」

坂巻が信じられないという顔をした。

「わかったさ。いまからそいつをとっちめに行こう」

栗田は足の向きを白金から品川のほうに変えた。

「いいのか？　御前に相談してからのほうがよくないか？」

「馬鹿言え。こんな詐欺の基本中の基本のことで、忙しいお奉行を煩わせることはない。おいらはお奉行からその手の詐欺について教えてもらったことがあるのだ。さあ、行くぞ」

栗田は足を速めた。

六

その医者の家は、宿場から少し高台に上がって来たところにあった。

〈蘭方　角野正堂《かどのしょうどう》〉

と、看板まで出している。

「こんな坂、病人がわざわざ登ってくるか？」

と、栗田は毒づいた。

だが、たいそう立派な家で、玄関口に入ると、わきの棚には長崎で仕入れてきたらしいギヤマンの瓶や南蛮酒、南蛮の時計などが、これ見よがしに飾られてある。しかも、棚には盗難よけらしい格子まで入っている。

「角野先生はいるかい？」

栗田が声をかけた。

「どなたかな？」

坊主頭に作務衣《さむえ》を着た若い男が現われた。

「おいら、町方の者だが、ちっと話を聞きたくてね」

栗田は十手を見せた。

「ほう。なんの御用ですかな？」

「あんたがやっているでたらめの施術のことで訊きたいことがあるのさ」

「でたらめとは失礼な」

「でたらめでなかったら、手妻《てづま》だ」

「手妻……」

角野正堂はムッとしたようだが、顔色も青くなった。ばれたかもしれないと、怯えているのだと、栗田は踏んだ。

「おなじみの手妻があってな。それはこういうものだ。願いごとを紙に書かせ、くしゃくしゃに丸めさせるんだ」

「わたしは丸めさせたりはしませんぞ」

「いいから聞きな。それを火にくべて燃やしてしまうが、じつはその燃やした紙は贋物で、同じようなくしゃくしゃの紙を用意してあったのとすり替えたのさ」

「……」

「すばやく隠した元の紙のほうは、祈りの隙にそっと開いて中身を読む。それで、どんな願いかはわかるから、あとは占ったみたいに適当なことを言うだけだ。どうだ、あんたの手妻もその類《たぐ》いだろうよ」

栗田は自慢げに言った。

わきで坂巻と久助も、なるほどというようにうなずいた。

「生憎《あいにく》ですな」

角野はふてたように言った。だが、表情は硬い。

「どう釈明する？」

栗田が訊いた。

「わたしのところでは、紙は二つ折りにするだけで、くしゃくしゃにしたりはしません」

「ほう」

「しかも、火にくべるのは、患者のほうで、わたしはいっさい触りません」

「ほんとか？」

栗田は少し自信がなくなってきた。

「お役人さまは、神仏を信じないので？」

「神仏を？」

「これは神仏のお力なのです」

角野は言った。

栗田は、同じようなことを根岸に訊いたことがある。なんでも理詰めで解決してしまう根岸に、つい疑問を感じてしまったのだ。

そのときの根岸の答えを、そっくり真似ることにした。

「おいらは神仏を信じないわけではないぜ。だが、神仏というのは、こうした妙なことはなさらない気がするのさ」

「そうなので？」

「妙なことはたいがい、人がやる。つまり手妻なのさ」

根岸はそう言ったのである。

「手妻とは神仏に対して失礼でございましょう。では、神仏の力を示して差し上げましょう。あなた方がここにいらしたときから、わたしの頭のなかに不気味な光景が浮かんでいました」

「不気味な光景だと？」

「はい」

と角野はうなずき、目をつむると、

「白金の地に、金の髪が埋まっています」

と、言った。

「金の髪が？」

栗田は目を瞠《みは》った。金髪の女の騒ぎについては、辰五郎から報告を受けている。だが、白金の娘たちの件で、そっちはすっかり忘れていた。

「いや、髪だけではない。女です。異人の女が埋まっています」

「なんだと？」

「これはどこでしょうかな？　川のほとりです。寺が見えます。増上寺の別院ではないですかな」

確かに白金台町からちょっと外れたあたりに増上寺の別院があり、そのわきに小川が流れている。

「死体が埋められています！」

角野正堂はそう言うと、気を失ったように崩れ落ちた。

栗田たちは唖然とし、

「おい、行ってみるか？」

「ああ」

角野はそのままに、栗田、坂巻、久助の三人は、白金に向かった。

七

白金の台地が見えるあたりの川のほとりで、

「川はここだけか？」

栗田は久助に訊いた。

「増上寺の別院が見えているというと、ここでしょうね」

久助が答えた。

小川といったほうがいい。だが、水量が増えるときもあるらしく、底は深く、両岸は土手になっている。

三人はその土手道を上流に向かってゆっくり歩いた。

「ああ、嫌な予感がしてきた」

坂巻が言った。

「お前も神仏の霊感が出てきたのかよ」

栗田は不愉快そうに言った。

「そうじゃない。嫌な臭いがしてるのさ」

「ほんとだ」

栗田は足元を凝視した。

「旦那、そこ」

久助が、土手と畑の境目あたりを指差した。

金色の糸のようなものが見えた。

「ちょっと待て」

栗田はそう言って、近くに落ちていた木の枝で、その金の糸のあたりをほじくり返した。糸の数がどんどん増えていく。

「出たよ、おい」

栗田は顔をしかめて言った。


それから一刻（二時間）後――。

根岸が自ら駆けつけて来て、異人の女の遺体を確認した。

「辰五郎が見たという女でしょうか？」

腐敗が進んでいて、人相の確認は無理だろう。

「たぶんな」

と、根岸はうなずき、

「江戸にそうたくさん異人の女が来ているとは思えないしな」

「あのでたらめ医者が殺したのでしょうか？」

栗田が訊いた。角野正堂のこともすでに説明してある。

「違うな。であれば、わざわざ話したりはしない」

「たしかに」

遺体の検分をしていた同心が根岸のほうを見て、

「ここが川の近くで湿っていて、しかも今の季節ですので腐敗が進みましたが、埋められてさほど日にちは経っていないでしょう。せいぜい六、七日前ですね」

「だろうな」

根岸はうなずき、

「死因はわかるか？」

と、訊いた。

「斬られたような傷や、打撲の跡もありません。まだ若いようですし、やまいで死んだのかもしれません」

「とすると、そやつのところに運ばれて来て、手当をしたが、死んでしまったのではないかな」

根岸は言った。

「ははあ」

「遺体を引き取ってどこに行くのかと、興味を持って後をつけでもしたのだろう。そして、ここに埋めたのを見たのだろうな」

「なぜ、いまさら、あんなことを言ったのでしょう？」

と、栗田は訊いた。

「それはでたらめの施術がばれそうになったので、そこへ別の不思議を付け足したのさ。嘘がばれるときは、よくあることだ」

八

根岸たちは、そのまま品川の角野正堂のところへ行った。

「どうです、わたしの言うとおり、死体が見つかったでしょう」

角野が自慢げに言いかけたのをさえぎり、

「わしは南町奉行、根岸肥前守だ。嘘いつわりを申せば、即刻、お縄にするから覚悟して申せよ」

「は、はい」

角野の顔色が変わった。

「あの金髪の女は、ここに運ばれて来たのか?」

「そうです。わたしが診たときはすでに気を失い、心の臓も動いていませんでした」

「やまいか?」

「痩せてはいませんでしたが、着物が濡れていました。もしかしたら、海か川に落ち、溺れたのかもしれません」

「なるほど。誰が運んで来た？」

「わたしは、まったく知りません。武士と水夫たち数人が運んで来たのです」

「武士もいたか」

「日本の女ではないですねと訊くと、余計なことは訊くなと」

「それで後をつけてみたのか？」

「はい。ですが、わたしはなにも悪事は」

角野は真っ青な顔で言い訳をした。

「ところで、そなたの手妻だがな」

と、根岸は話を変えた。

「て、手妻……」

「患者はどこに座る？」

「いま、お奉行さまがおられるあたりに」

角野は言った。

「それで、そなたはそこか？」

「はい」

角野の前には南蛮製らしい立派な机がある。

「ちと、足元を見せてくれ」

「は、はい」

根岸は、机の裏側を見た。そのあたりは、患者のほうからは見えていない。

「ははあ」

足元の床に隙間がある。

「この家には、もう一人いるよな」

「はい。わたしの手伝いをする女が」

「女は、天井のあのあたりで、患者が書くところを盗み見し、抜け穴を通って、同じように書き写したものを、その隙間から渡すんだよな」

「………」

角野はすっかり俯いてしまった。

「本来なら、奉行所に呼び出し、裁きを受けさせるところだが、そなたのおかげで死体が見つかり、白金のいなくなった娘たちの謎も解けるかもしれぬ」

「白金の娘がいなくなった？」

それについては、なにも知らないらしい。

「いままで儲かった分は、すべて奉行所が没収する」

「はい」

「そなたが長崎で学んだのは、手妻だけではあるまい？」

「はい。オランダ医学もこのとおり」

と、横に積んである医書を指差した。

「それだけで治療をおこなうことだ。よいな！」

「わかりました」

角野は深々と頭を下げた。

九

翌朝――。
根岸は小石川の高台に、長崎代官・高木《たかぎ》忠任《ただより》の用人をつとめた岩下俊輔《いわしたしゅんすけ》の息子・京輔《きょうすけ》を訪ねた。この人物にはかつて、雷を狙ったところに落とす技について教えてもらったことがある。(『深川芸者殺人事件』)
ちなみに長崎代官と長崎奉行は違う。天領となっている長崎には、遠国《おんごく》奉行である長崎奉行が派遣される。この奉行が管轄するのは、出島を含む長崎の中心部の御免地となっている区域である。ほかの、一般の民が多く住む区域では、長崎出身で地元の事情に詳しい高木家が、代官として政務をおこなった。
上下関係でいえば、もちろん長崎奉行が上だが、奉行は二人が一年交代で江戸と長崎に詰め、そう長い期間は職にとどまることがないのに比べ、代官はほとんど世襲のようになっているため、長崎の詳しい事情は、むしろ代官のほうが握っているのだった。

「これは、根岸さま。お久しぶりでございます」

岩下京輔は、嬉しそうに根岸を迎えた。

「じつは、白金の界隈で娘たちの不可解な失踪が相次いでいてな」

「娘たちの失踪ですか」

「どうも、長崎と関わっている気がするのさ」

「そうなので」

「密貿易について、幕府の役人が関わったという類いの噂はなかったかな？」

じつは、長崎奉行というのは長崎詰と江戸詰が一年交代であるうえに任期が短いので、長崎奉行の地位にあっても密貿易に関わるのはほとんど不可能である。

そのかわり、付け届けなどが凄まじく、長崎奉行になるため多額の賄賂《まいない》を使ったとしても、一年でその何倍も取り返すことができるといわれる。

岩下は少し考えて、

「何代か前に高尾信福《のぶとみ》というお方が長崎奉行を務められました」

「ああ、高尾信福どのか」

「高尾さまの任期は二年、江戸詰と一年交代ですので、一年しか長崎にはおられませんでした。しかも、高尾さまは体調を崩され、長崎の地にあってもほとんど実務を取ることはできなかったそうです」

「うむ。もどられてまもなく、亡くなられたからな」

「はい。そのやまいがちのとき、直接、政務を手伝ったのがご長男の豊福《とよとみ》さま」

「高尾豊福どのか」

たしか、からくり時計を取りに来ると言っていたのも、高尾という名だった。

「お屋敷は白金にあったはずです」

「ははあ」

ますます怪しい。

「それで、その豊福どのに密貿易の噂があったのか？」

根岸はさらに訊いた。

「信福さまが任期を終えて江戸にもどられたあとも、豊福さまはしばらく長崎にいて、異人たちと会ったりしていたのです」

「ふうむ」

それは臭い。

「まさか、豊福さまがいまも密貿易を？」

と、岩下は訊いた。

「かもしれぬ」

根岸の脳裏には、くるくる回る裸の女たちの人形が浮かんでいる。

「あれからだいぶ経つはずですが？」

「五、六年前か？」

「はい。一介の旗本にもどったいままでは、密貿易など一人でそうそうやれるわけはないのでは？」

「そうよな」

根岸はうなずいた。

だが、探るべき相手がようやく見えてきた。

第五章　女だけの祭り

一

高尾豊福を徹底して探ることになった。

とはいえ、町方の同心や武士が周囲をうろうろしたら、すぐに警戒されてしまう。根岸は辰五郎と下っ引きを四人、さらに梅次にも手伝ってもらって、高尾の屋敷の周囲に常時、張り込ませることにした。

高尾家の屋敷は、白金台町の五丁目あたりから南に下る坂の途中にあり、敷地はほとんどが斜めになっている。広さはおよそ三千坪ほどか。

家屋の周囲は森に囲まれ、いちばん下ったあたりは畑にでもしているのか、あるいは池でもあるのか、塀の外からは窺い知れない。人気《ひとけ》はないが、裏門もつくられていて、こちらにも人を張りつかせることにした。

ほかに別宅のようなものはないらしい。

辰五郎たちは、近所の評判を聞いてみた。

「支払いが悪いだの、家来が騒ぎを起こしただの、そういうことはないですね。お殿さまですか？　ああ、ときどき見かけますよ。まだお若いんですよ。三十をちょっと出たくらいではないですか？　出歩くときも、そう大勢の家来を連れて歩くことはなく、威張ったようすはないですね」

評判は悪くないのだ。

ちょうど梅次が裏門のほうを見回ったとき、二人の武士が出て来た。家来を一人連れただけで、高輪のほうに歩き出す。裏門から出たので、梅次は、

――あるじではないのじゃないか？

と思ったが、高輪のほうへ向かうなら、こっちのほうがかなり近いのである。それに片方の武士の背丈や人相が、細身で六尺（約一八二センチ）近くあって色白の細面《ほそおもて》と、聞いていた高尾豊福のそれと同じだった。

尾行を始めることにした。

梅次は大工道具の箱を担いでいる。大工に化けているのだ。

箱のなかは空ではなく、一通りの大工道具が入っている。空にしていると、いかにも軽そうだったり、音がしなかったりするので、やはり入れたほうがいい。ほかに捕物道具も入れてあった。

二人の武士と家来は、坂を下り切ると、高輪台への坂を足早に登って行く。あいだを空けてつけて行く。

高輪台の上まで来ると、今度は海に向かう下り坂になる。そのときだけ、姿が見えなくなった。

梅次は足を速め、坂を登り切った。

「え？」

三人の姿が見えなくなっていた。道は高輪台の尾根道と交差し、まっすぐ下りている。左右を見ても、三人の姿はない。

下り坂の両側は、寺の塀になっていて、隠れるところはない。

――まさか。

後をつけているのを見破られたのだろうか。

三人は夕方になって、来た道をもどって来たが、肝心の行動は窺い知れなかった。

辰五郎は梅次の報告を受け、翌日から表門、裏門ともに二人以上で尾行できる態勢にしておいた。

翌日の外出はなかったが、その次の日。

先日と同じ家来を連れ、豊福らしい武士が外出した。やはり高輪方面に行くらしい。

辰五郎と下っ引きの二人と、三人で後を追った。

すると、ちょうど高輪のほうから宮尾玄四郎が歩いて来た。

宮尾は遠くからでも辰五郎たちが尾行をしているのを察したのだろう、暢気なように見えて勘は鋭いのだ。さりげなく横道に逸《そ》れ、さらに遠回りしながらもう一度、高輪台のほうに向かうのが見えた。尾行を手伝おうというのだろう。

一昨日、梅次がまかれたという高台に差しかかったときは、辰五郎たちもいっきに距離を詰め、見失わないようにしたつもりだった。

ところが、この日も、

「消えた……」

「そこらの路地に入ったのでしょう」

四つ角界隈の路地も探ってみた。だが、わからない。路地はいくつかあって、途中で交差したりするので、何度か曲がられたら、もうどこへ行ったかわからなくなる。

宮尾は伊皿子坂《いさらござか》のほうから来て、

「また、逃げられたのか？」

と、訊いた。

「そっちには行ってないですね？」

「ああ、来てないな。どうも、後をつけているのを知られていたみたいだな」

「すみません」

「なあに、辰五郎たちのせいじゃない」

「しかし、解せませんよ。あいつら、よほど警戒しているのでしょう」

辰五郎は、悔しくてたまらないらしい。

二

辰五郎はその日のうちに、高尾家の門番二人に接触した。なんとしても、まかれた屈辱を払拭《ふっしょく》するつもりだった。

昼間、正門を警備しているのは、高尾家の中間ではなく口入れ屋から回って来たらしい渡り中間だった。

辰五郎と梅次は、この二人が帰る後をつけた。すると、麻布の四ノ橋あたりの飲み屋に入ったではないか。これ幸いと、辰五郎と梅次もなかに入った。

大きな仕事がうまくいって機嫌が良い植木屋の師弟を装い、酒をごちそうしたりする。中間たちは只酒をがぶ飲みし、すぐにへべれけになった。

「どちらのお屋敷に出てるんだい？」

「白金の高尾さまってんだ」

「ああ、昔、お庭をやったことがあるよ」

「そりゃあ、先代のときだろう。いまの殿さまは、庭なんざあまり興味がないんだ」

「殿さま、なんに興味があるんだ？　やっぱり若い女か？」

そういう調子で、いろんな話を聞き出すのに成功したのだった。

翌朝——。

辰五郎はさっそく奉行所を訪れ、その話を根岸に報告した。

「どうも後をつけてもまかれてしまうと思いましたら、豊福様といっしょにいる家来は、百田三兵衛《ももたさんべえ》といって、忍びの術を会得《えとく》しているそうなのです」

「忍びの術とな」

むろん、そういうものはある。なにやら怪しげだが、要は探索のための手練手管《てれんてくだ》を体系化したものである。

「高尾家というのは、もともと甲賀の地から出たらしいんです」

「甲賀か」

伊賀と接した地で、古来、多くの忍びの衆を輩出してきた。

「腕のいいのを親戚筋から呼んだりするそうで、百田もその一人だとか」

「中間たちは、娘たちの失踪についてはなにも知らないのか？」

　根岸は訊いた。

「ええ。どうも豊福様という人は、あまり女には興味がないらしく、先代が亡くなると、前からいた女中たちは解雇してしまったそうです」

「女に興味がない？」

「と言いますか、ふつうの女にはと言いますか」

　辰五郎はなんとなく思わせぶりな言い方になった。

「変わった嗜好があるのだな？」

「はい。お屋敷のなかには、異国の女が大好きだという噂があるそうです」

「なるほど」

　根岸は膝を打った。

「ただ、あのお屋敷でそういう女を見かけたことはないそうです」

「そうなのか」

「若い娘たちが拉致されているなどというのも、考えられないみたいです。もちろん、あいつらも屋敷内のことをすべて把握してるわけじゃないでしょうが、四人もいるなら声くらいは聞いたりするのではないでしょうか」

「だろうな」

「高尾豊福様ってのは、なかなかしたたかなお方です」

「うむ。だが、尾行のほうはつづけてみてくれ」

と、根岸は言った。とりあえず、そこから糸口を見つけるしかなさそうである。

「わかりました。ただ、情けないのですが二度も高輪台の四つ辻で見失いました。それで、あの辻の近くに部屋でも借りて見張ろうかと思っているのですが、なかなかそういう家がありませんで」

辰五郎がそう言うと、

「それより尾行の名人にお出まし願えばよいではないか」

根岸は言った。

「じつは、そうおっしゃるかと思ってました」

「しめ親分は元気なんだろう?」

「ええ。浅草に出没する女掏摸《すり》の現場を捕まえようと、ここんところやっきになってまして」

「では、それは後回しにして、こっちを手伝ってもらおう」

根岸は笑いながらそう言い、

「それと、例の金髪の女の件だがな、いま江戸にいるほうの長崎奉行に問い合わせてみた。やはり、そのような女は、出島にはおらぬはずだという返事だった」

「ということは？」

「ひそかに江戸に入って来たのだろうな」

「抜け荷の船ですか」

「そうだろう。となると、高尾豊福が金髪の女を異国から買ったというのも考えられる」

「途方もない話になってきましたね」

辰五郎は目を丸くして言った。

三

その翌日――。

岡っ引きのしめは、前を行く旗本の高尾豊福と百田三兵衛の後を追っていた。

とくに変装のようなことはしていない。

着慣れた小豆《あずき》色の無地の着物に、赤い、渦巻きみたいな模様の帯を締めている。

これは京都の西陣の織物で、かなりの値がしたのだが、しめが締めていると、なぜか高級そうには見えない。

もともとしめは、老舗《しにせ》の筆屋のおかみさんで、別に貧しく育ったわけではない。

もちろん江戸生まれの江戸育ちである。

それなのになぜか、

「生まれは上総《かずさ》あたり？」

とか、

「言葉に上州訛りがあるわね？」

などと言われる。

上総も上州も行ったことがないのに。

娘のおつねにも、

「おっかさんはなぜか、土の臭いがするんだよね」

と言われた。

「土の臭いって言うけど、それって肥の臭いじゃないだろうね？」

「そこまでじゃないけど、なんだろうね？」

おつねは首をかしげたが、しめだってそこは釈然としない。

だが、よしあしは別にして、それだったら江戸にいたら目立つはずだと思うのである。

ところが、いざ尾行となると、これがまったく目立たないらしい。

ほとんど路傍の草のように気づかれなくなる。

ときには、悪戯心《いたずらごころ》を起こし、わざと目立つように追っている相手の前を歩いたりする。それでも目に入らないらしいのだ。

複雑な気持ちである。

しめはむしろ、目立ちたがりなのである。いろんな人から注目され、噂にもなり、町を行けばひそひそ話をされながら指なんかも差されたいのである。

なにせ、江戸でただ一人の女岡っ引きなのだ。瓦版が大々的に取り上げてもおかしくはない。さすがに、やると言われたら、それはまずいと断わるだろうが、半面ではむちゃくちゃ嬉しい気持ちになるのはわかっている。

ところが、じっさいはここまで相手にされないのだ。

辰五郎たちが二度まかれたという四つ辻も、今日は通り過ぎてまっすぐ高輪のほうに下っただけである。何度か後ろを見たりしていたが、しめのことはまったく目に入っていないようだった。

――舐めてるのか、こら。

内心、毒づきながら、それでもぴたりと後をつけて、品川までやって来た。

豊福たちはゆっくり海辺を歩き、途中、街道筋の店に入った。どうも金魚を売っている店らしい。

しばらく店のおやじとやりとりしていたので、しめも店に入ってみた。

「真っ黒いのがいいんですか？」

と、おやじが訊いた。

「ああ。白いのはこの前、買っただろう」

「そうですね。じゃあ、探しておきますので」

真っ黒いのじゃ、金魚とは言えないだろうと、しめは聞きながら思った。

「じゃあな」

豊福はそう言うと、店の前から浜辺に降りて行った。

すると、二人は留めてあった小舟に乗り込んだ。

——しまった。

まさか舟に乗るとは思わなかった。

周囲を見るが、ちょうどもどって来たなんていう都合のいい舟はない。

「まったく、もう」

あいつらは釣りをしに行くわけではないだろう。釣り竿も餌も持っているようには見えなかった。

仕方ないので、ここでもどりを待つことにした。

そのあいだ、さっき二人がのぞいていた店にもう一度入ってみた。

「おじさん、ここは金魚屋？」

しめは店のなかを見回しながら訊いた。

「金魚だけじゃねえ。ほれ、ウサギも売ってるだろうが」

「そうだよね」

奥の盥《たらい》のなかには水がなく、白くふわふわした小動物が動いている。

「そっちには鳥もいるよ」

「生きもの、売ってるんだね？」

鳥獣商だった。近ごろ、神田あたりにも二軒ほどできている。

「そうさ。ここらには飼いたい人は大勢いるし」

「さっき、二人連れの客が来ただろう？」

「ああ」

「なにか買いたいって？」

「黒い仔猫はいないかって訊いたんだよ」

「猫好きなのかね？」

あまり猫を可愛がるような男には見えなかった。

「あの人には売りたくないね」

「どうして？」

「あれは食うんだよ」

「猫を？」

「そう。猫だけじゃねえ。金魚も、ウサギも、鳥も」

「食えるの？」

「そりゃあ、金魚はもともとフナだし、食おうと思えば、なんだって食えるさ。だが、わざわざ可愛い生きものを殺して食おうってのは、ちっとここがおかしいのさ」

おやじは、頭を指差して言った。

「よく来るのかい？」

「そうだな。なんか新しい生きものは入ってないかってな」

「新しい生きもの？」

「そう。金魚の新種とかさ。あと、前にうちで南蛮のオウムが入ったことがあってさ。そのときも買って行ったよ。高かったのにな」

「へえ、魂消《たまげ》たね」

だとすると、高尾豊福は食ったことのない南蛮の生きものなども、抜け荷で手に入れたりしているのかもしれない。

やはりまともな人間ではなさそうだった。

夕方になって――。

二人はもどって来たが、舟が出たところより一町ほど南のほうに着けるのが見えた。しめは急いでそちらへ駆けつけた。

二人は目の前の大きな建物に入ったらしい。

「ここは……」

品川宿の本陣である〈久慈屋《くじや》〉だった。品川にはふたつ本陣があり、その一つである。本陣は、大名が参勤交代などの際に泊まる宿である。ここと高尾豊福にどんなつながりがあるのか。

四

「なるほど。宿屋がからむか」

しめの報告を聞いて、根岸はうなずいた。

「宿屋とあの旗本と、なんのつながりがあるんでしょう？」

しめはぴんと来ないらしい。

しめのほかに、栗田、坂巻、辰五郎も来ているが、宿屋がからむことには皆、意外な感を持ったようである。

「宿というのは、抜け荷など裏の取引をするのに、じつに都合がいいのさ。買い手はそこに宿泊し、品物を入手して、帰って行く。また、抜け荷の船が帰りに積む刀剣や茶などを仕入れるにも便利がいいだろう」

「まさか、異人が品川をうろうろしていたりするのでしょうか？」

栗田が訊いた。

「しているのだろうな」

「目立つでしょう？」

「南蛮貿易というと、すぐに紅毛碧眼《こうもうへきがん》の異人を思い浮かべるかもしれぬが、それは大間違いだぞ」

根岸がそう言うと、一同、きょとんとした顔になった。

「そもそも長崎の出島にいるオランダ人は、せいぜい十人ちょっとだ。それに、オランダの船が入って来るのも年に一度で、一隻か二隻に過ぎぬ」

「それだけなんですか？」

栗田が意外そうに訊いた。

「ああ。いわゆる南蛮貿易を担っているのは、じつは唐船で、これは年に二百隻ほどやって来る」

「そんなに」

「南蛮の品は、唐土《もろこし》を経由して入って来るのさ。もちろん、帰りにはわが国の物産を積んで出て行く。長崎の唐人屋敷には、五千人ほどの異人が暮らしているのだぞ」

「五千人もいるのですか」

「しかも、やっかいなことに、唐船と偽って、ルソンやシャム、アンナンなどの船も入って来ているのさ」

「へえ」

「それに、唐人やルソンやシャムの人間は、わが国ふうのちょん髷《まげ》を結ってしまえば、まず、区別がつかない」

「でも、言葉はどうなのです？」

坂巻が訊いた。

「言葉は話さなくていいだろうよ。聾唖《ろうあ》のふりをすれば、誰も疑いはせぬ」

「確かに」

「つまり、抜け荷の船が房州の富津《ふっつ》あたりまで来て、そこから艀《はしけ》で品川と往復しているなら、異人たちが江戸市中をうろうろしていたとしても、なんの不思議もないのさ」

「そうでしたか」

これはまったく予想外のことだったらしく、一同は呆然としている。

「おそらく高尾豊福は長崎にいたとき、密貿易の仲間と知り合ったのだろう。江戸にもどってからも付き合いはつづいたのだ」

「久慈屋は豊福が誘い込んだのでしょうか？」

栗田が訊いた。

「それはわからぬ。探ってみてくれ」

「わかりました」

「そういえば……」

根岸がなにか思い出したらしい。

「お奉行、なにかありますか？」

「いや、なんでもない。ちと、思い出したことがあった。はっきりしない話だ。よい」

妙なふうに話が終わった。

五

翌日の夕方になってから——。

栗田と坂巻が、旅の武士に扮して、久慈屋に入った。今日は大名行列もなく、二人は本陣の母屋に通された。殿さま用というほどではないが、床の間付きの立派な部屋である。

挨拶に来た手代に、

「女は呼んでもらえないのか？」

と、栗田が訊いた。

「うちではちょっと。隣の〈江戸屋〉さんにお移りいただいたほうが」

「じゃあ、女はいいや。変わった酒を飲みたいんだ」

「とおっしゃいますと？」

「南蛮の酒が飲めると聞いたんだがね」

「うちでですか？」

「ああ」

「どなたにお聞きになられました？」

「天文のことを調べている当藩の者から聞いたんだがな」

「ちょっと番頭に聞いてきます」

手代は警戒するような顔で出て行った。

「おい、女が来ると言ったらどうするつもりだったんだ？」

坂巻が栗田をなじった。

「そうなったら、坂巻にまかせるつもりだったよ。おいらは、家に可愛い双子の娘がいるんだもの、女房をがっかりさせるようなことはできねえよ」

「馬鹿言え。わたしだって、そういうのは嫌だぞ」

坂巻は怒って言った。

「怒るな、怒るな。断わられるとわかってて言ったんだろうが」

「それならいいが。やはり、こういうのは宮尾のほうが適しているよな」

まもなく手代がもどって来て、

「ウイスケを一杯ずつならお出しできるということです」

「じゃあ、それを頼むよ」

やはり、ここではそうした品を扱っているのだ。

その酒で酔ったふりをして、この宿を探るつもりでいる。


辰五郎やしめたちは、本陣の久慈屋に泊まるには貫禄不足というので、周りの宿で噂を探っていたが、

「女郎がいなくなるだって？」

そういう噂を辰五郎が聞き込んだ。

「噂ですよ。あたしも自分の目で見たわけじゃないんでね」

近くの宿屋の亭主が、人差し指を口にあて、ないしょだけどというしぐさをしな

がら言った。

「だが、久慈屋に女郎が出入りしてるのかい？　本陣でもそういうことをしているのかねえ？」

「大っぴらにはしていません。体裁のいい本陣とくっついて、別館と、さらに名前が違うだけの江戸屋という宿もあり、女郎を呼んだりするのは、そっちでするのです。もちろん、そっちから本陣のほうに行ったりもします」

「だが、雇い主はいっしょということか？」

「そういうことです。久慈屋に出入りできるのは、吉原ならいちばん上の花魁《おいらん》になるようなべっぴんですがね」

「女郎が消えるというのは？」

「家の者や仲間には出稼ぎに行くと言っていなくなるみたいです」

「何人くらいいなくなったんだ？」

「七、八人はいなくなってるんじゃないですか」

「それで、なんで騒ぎにならねえんだ？」

「そりゃあ、相応の銭をもらってるんでしょうね」

宿屋のあるじは、良心が咎めるみたいな、微妙な表情をして言った。

つまり、大掛かりな人買いがおこなわれているのだ。

泊まる予定が急遽、藩邸に入ることになったと言い訳して、栗田と坂巻は久慈屋を出た。どうも手代たちが警戒しているらしく、建物のなかを動き回ることができないのだ。新たな手を考えようということになった。

江戸に向かって歩き、大木戸を抜けようというとき、

「おい」

栗田が言った。

「ああ」

坂巻がうなずいた。

「つけられているよな」

「いる」

坂巻はさりげなく後ろを見た。

これは勘というしかない。武術に励んだ者には——励めば誰でも得られるというわけではないが、独特の勘が発達する。

だが、振り返って見てもこれという者はいない。

旅人が数人、それと客を乗せている駕籠《かご》屋も来ている。

「わからんだろう？」

栗田が訊いた。自分でも確かめようとしていたらしい。

「ああ」

「おれたちをつけて、姿を悟らせないということは……」

「高尾家の忍びか？」

「わからんな」

栗田は、久々に薄気味悪い思いをしている。

六

そのころ——。

よいしょの久助は白金台町にいる。

岡っ引きの八十八が、近ごろ調べに出て来なくなった。なんでも身体の具合が悪いのだという。

「あいつ、なんか怪しいんだよな」

と、椀田豪蔵が言った。

「なにか隠しごとでもあるんだろうな」

宮尾玄四郎も同感である。

「久助に探らせてみたほうがいいな」

というので、久助が八十八の家を訪ねたのである。

八十八の家は、縄張りを歩くのには便利な、白金台町の六丁目にあった。女房がいて、店で履物を売っている。

もちろん、この刻限は店も閉まっていて、八十八は二階の布団に横たわっていた。

「具合が悪そうだな」

久助は、八十八の顔色を見て言った。

「肝の臓がだいぶ腫れているらしいや」

「飲み過ぎだろうよ」

顔の色が真っ黒である。

久助の知り合いにも肝の臓を悪くした人がいたが、やっぱりこんな色をしていた。これに黄色い色が混じって来るとよくないらしい。

じっさい、八十八は黄色が混じっていた。

「そんなことはねえ。最近は控えていたんだぜ」

「だるいのかい？」

「ああ。寝ててもだるいくらいなんだ。とても捕物の手伝いは無理だ」

「医者は？」

「これは長くないって顔をしてたよ」

「養生して、ちっと身体にいい暮らしをするこった」

久助自身、幇間という仕事を兼務するため、どうしたって酒が過ぎる。身体が重くなってきたと思ったら、しばらく酒を断ち、一日に二、三度、湯に入って、酒毒を出すようにしている。

「いや、おれはもう長くねえ。覚悟してるよ」

「だが、おめえ、隠しごとがあるんじゃねえのか？」

「そりゃあ、こんな仕事をしていたら、おおっぴらには言えねえで来たことはいっぱいある。おめえだってわかるだろうよ」

なにか秘密を持ったまま、あの世に行くつもりなのだ。

「白金の。秘密を持ったまま死んでいいのは、ふつうの暮らしをしてきた連中だ。おいらたちはだめだ。すべてを明らかにして死んで行かなくちゃならねえ」

「……………」

「おめえも十手を預かってきた男だろうが」

「それは……」

八十八はつらそうに顔を歪めた。

久助は十手を取り出し、八十八の前に置いた。

「おいらはやはり、これを持っていることは誇りだぜ」

「そうだよな」

八十八もうなずいた。

「だったら、話してくれ」

八十八は大きくうなずいてから、

「おれは、この町で生まれ、この町で育ち、いまに至っている」

「だろうな」

岡っ引きはたいがいそうである。だからこそ、住人の裏の裏まで知っていて、いざ事件が起きれば勘も働くのだ。

「ただ、あいだに何度かこの町を出ていた」

「そうなのか」

「十五年前、おれは品川にいた」

「品川に？」

「品川で太吉《たきち》親分ていう人が身体を悪くして、助けてくれと頼まれたのさ。おれはその人の下っ引きからこの道に入ったので、断わり切れず、しばらく品川のほうに行っていた。あそこは宿場町だから、宿屋がいちばん力がある。当然、二つある本陣が、品川宿を仕切っていた」

「ああ」

「その本陣の久慈屋に、おれはなんとなく怪しげなものを感じた。そこんとこを詳しく話すと長くなるが、どうもここは抜け荷と関わっているとぴんと来たんだ。それで、おれはそれを太吉親分に告げた。ところが、親分はそれは探るなというのさ」

「なぜだい？」

「久慈屋は以前、ある大名に宿代を踏み倒され、つぶれそうになった。それを救ったのが抜け荷の儲けだったのさ」

「なるほど」

抜け荷は儲けが大きいとは聞いていたが、やはりそうらしい。

「ところが、その抜け荷でとんでもないものを持ち出すことになったらしいんだ」

「とんでもないもの？」

「この国の女の子どもだよ」

「なんだと？」

「どこの誰がそういうふざけた要求をして来たのかはわからねえ。だが、抜け荷に関わった野郎が、隣町から小さい女の子をさらってきやがった」

「隣町？」

「この白金だよ。おれは白金を捨てたわけじゃないから、下っ引きから当然、連絡が来た。〈鎌田屋〉という酒屋の娘がいなくなったって。おれは、その娘を取り戻そうと、そいつらのところに乗り込んだ。ちっと急ぎ過ぎたかもしれねえ。あいつらは逃げるため、娘を海に放りやがった。自分たちを追うより、娘を助けるだろうってな。おれもそうしたよ。ところが、おれは品川育ちじゃねえ、白金育ちだ。泳ぎはうまくねえもんだから、娘を助けるのに手間取り、死なせちまった」

「そうか」

「おれは夜中に娘の遺体を鎌田屋の前に置いて来た。だが、下手人の追及はそのままになった。太吉親分に頭を下げられてな。本当だったら、おれは品川の縄張りを譲り受けることになっていた。品川を縄張りにしてみなよ、大親分だぜ。だが、嫌気が差し、こっちに帰って来た。あのとき、下手人を明らかにしようとしたら、どうしたって久慈屋の抜け荷まであばくことになり、太吉親分もただでは済まない。だが、久慈屋もそのことで、抜け荷は止めることにしたそうだ。それから、おれは品川には足を向けていねえ」

「そうだったのか」

「おれがもうちっとうまくやっていればとも思うんだ。それがあったから、今度のことも言えなかったんだろうな」

八十八は苦しそうに大きな息をした。ずいぶん長い話をしてくれたのだ。

「品川の久慈屋はまた、抜け荷を始めてるぜ」

「そうなのか」

「もう駄目だ。南の根岸さまが尻尾を摑んだ」

「そうかい。赤鬼に睨まれちゃ、本陣も終わりだわな」

八十八はホッとしたように言った。

七

やはり同じころ――。

根岸は松平定信の屋敷を訪ねていた。

定信はこの数日、風邪で臥せっていたそうで、根岸の訪問は見舞いを兼ねることになった。

「なに、寝ているのも退屈になっていたところだ。よからぬ匂いのする話が聞きたいくらいだよ」

定信は元気そうである。

「ちと、度が過ぎる話かもしれませぬが」

と、根岸は金髪の女の遺体について話した。

始めは度肝を抜かれたようだった定信も、出島にいた女ではないと聞き、胸を撫で下ろした。

「出島に来ていた者でなくて、むしろよかったな。出島の女だったら、いろんな意味で大ごとになっていたぞ」

たしかにそうなのである。オランダ人が殺されたとなれば大ごとだし、そのオランダ人が出島を抜け出してひそかに江戸に来ていたとなれば、もっと大ごとになる。

「それで、われわれも目星をつけた者がいるのですが。じつは以前、こちらを訪ねたおり、御前が旗本から出された上申書をご覧になっていました。それが、たしか高尾豊福という者からだったような気がしているのですが」

「高尾？」

「以前、長崎奉行を務めた高尾信福どのの子息です」

「あ、あの者か。うむ、来ておった。妙な上申書だった。中身はよく覚えている」

「どのようなものだったので？」

定信は、女中が運んで来た薬湯《やくとう》をまずそうに飲み、

「異国脅威論という題だったかな。ただ、その論旨が妙でな、まず、南蛮の異人というのは、見目《みめ》が美しいというのから始まっておった」

「見目がですか」

「ああ、金色の髪や、青や緑の目は、この世のものとは思えぬほどだ。とくに女の

美しさは、顔のみならず身体つきまで、天女と見紛うほどだと」

「ははあ」

「ただ、女が美しい分、男はたとえ髪が金色で目が青くても、うすら大きくて、剛毛に覆われ、獣のようだと。心根も残虐で、いくさを好み、なにかというと他国へちょっかいを出したがると、そんなふうに決めつけていた」

「確かにそれは決めつけ過ぎでしょうな」

根岸は、江戸にやって来た出島の異人とも接したが、皆、礼儀正しく、にこやかなものだった。

「しかも、武器に優れ、もしもわが国に攻め込んでくれば、たちまち蹂躙《じゅうりん》されるだろうと。だからこそ、早めに手を打っておかねばならぬと、力説していた」

「どんな手を打てというのです？」

「まず、向こうの考えていることがまるでわからないのはまずいので、異国語を学べと」

「なるほど」

「向こうの文物について知らないのもまずいので、もっと輸入品を増やし、向こうの武器などよりよいものをつくるようにせよと」

「それは、わたしも賛成ですな」

定信は老中に在任中、それとは反対の施策をおこなった。いわゆる寛政異学の禁と呼ばれたものである。

「それで、むしろこっちから異国に、使節を装いつつ密偵を送り出すべきだとも書いておった」

「密偵ですか」

定信が好む手法である。

「うむ。また、異国の連中には、日本人というのはなにを考えているかわからず、うっかり国のなかに入り込もうものなら、とんでもない目に遭うぞというふうに思わせるべきだとも書いていた」

「どうやって思わせるのです?」

根岸は定信に訊いた。

「具体的な策はなかったな。それで、またいろいろ試してから、ふたたび上申書を提出させていただくとあったが、まだ次は来ておらぬ」

「そうでしたか」

「だが、この者の書きっぷりから、異国を脅威と言いつつ、異国に強い興味を持っているようにも思えた」

「でしょうな」

根岸はうなずいた。

怖いくせに興味を持つ。人はそういうものである。

八

梅次がその娘の話を聞いたのは、同じ日の、暮れ六つ（午後六時）を少し過ぎたころである。一日、高尾家のほうの見張りを担当し、あまりに腹が減って入ったそば屋で、娘二人の話を小耳に挟んだのである。

それは、こんな話だった。

「いなくなったおせんちゃんだけどさ、変なことを言ってたんだよ。おつねちゃんとおさきちゃんは、きれいな花を追いかけて、釣られたんだと」

「へえ」

「あたしも釣られようかと思ってるって」

「自分から？」

「そういうことだよね。だからさ、あのかどわかしって狂言なんじゃないの」

「そうだよね。だって、おつたちゃんとおせんちゃんだよ。あの二人がそうかんたんにさらわれる？」

「おつねちゃんとおさきちゃんだって強いよ」

やはり、家族より友だちのほうがいろいろ聞いているのだ。

この年ごろの娘たちはそうなのだろう。

「いまの話だけどさ……」

と、梅次は娘たちに声をかけた。

さらに話を聞くと、

「あたしも声をかけられたんです。向こうの池のあやめを見ていたとき。もっときれいな花が咲き誇る庭があるんだけど、見たくないかいって」

「それでどうした？」

「なんかもどれなくなるような気がして断わりましたよ」

「ふつう、断わるよな」

「でしょう。おつねちゃんとおさきちゃんていうのは、見た目はけっこう可愛らしいけど、薙刀とか習っていて、凄く強いんですよ。だから、怖いもの知らずでついて行ったんだと思います。そこへ、おつたちゃんとおせんちゃんですよ。おかしいですよ、あのかどわかしは」

娘はしきりに首をかしげるのだった。

九

この晩はさまざまな報告が根岸にもたらされた。

だが、根岸がもっとも興味を示したのは、梅次の報告だった。

「それは面白いのう」

根岸の大きな耳がぴくぴくと動いた。

「わざとさらわれるなんてことがあるのでしょうか？」

梅次がそう言うと、

「それはあり得るんだよな」

と、わきから椀田が言った。

「椀田、やけに強調するではないか」

根岸が言った。

「だいたいが、薙刀ってのは男はあまりやりませんが、かなり強力な武器ですよね」

「そうらしいな」

「いや、そうなんです。女でも上級者になると、刀じゃまず勝てませんよ。うちの姉が薙刀の達人でしてね」

「ひびきさんが？」

　宮尾が目を瞠った。

「ああ。わたしはずいぶん叩きのめされました。ああいうのは、内心、男なんかに負けないと思っていますよ」

「ふっふっふ。そうだろうな」

　根岸は面白そうにうなずいた。

「お奉行。わたしには、なにかばらばらなものが集まりそうで、集まり切れないような、歯がゆい感じがしているのですが」

　と、坂巻が言った。

「そうだな。娘たちの失踪を追ううち、思わぬ抜け荷という悪事が姿を見せた。それに高尾豊福と久慈屋が関わっているのは、そなたたちの報告からも間違いない」

　根岸がそう言うと、

「ええ」

　皆、うなずいた。

「ただ、もう一つ、意外ななりゆきが隠れているのかもしれぬな」

「ははあ」

「どれ、わしも久慈屋を見に行ってみるか」

根岸が立ち上がった。

「御前、いまからですか」

坂巻が驚いて訊いた。すでに亥《い》の刻（午後十時）を過ぎている。

十

栗田、坂巻、それに辰五郎と梅次が同行することになり、根岸たちは二丁櫓《にちょうろ》の舟で品川に向かった。

「もしかしたらこの舟を使うことになるやもしれぬ」

根岸が舟の上で空を見上げながら言った。

今宵は新月である。空が晴れて星々がよく見えているので、真っ暗には思えないが、表情はわからない。

「抜け荷の船が来ているということですか？」

坂巻が訊いた。

「そうだな」

とすると、おゆうのことがますます心配である。

品川まで来ると、舟は久慈屋の近くにつけ、根岸たちは岸に上がった。

「あそこが本陣です」

栗田が指を差した。品川はほぼ片側町で、海が迫っているが、久慈屋は海側につくられている。真下が海という部屋もあるくらいである。

宿の明かりはまだ煌々《こうこう》とついている。

同じ並びには、〈土蔵相模《どぞうさがみ》〉と呼ばれる有名な妓楼もあって、そちらからは三味線の音や女郎の嬌声も聞こえてくる。

と、そのとき――。

「お奉行。お気をつけて」

栗田と坂巻が緊張している。

「どうした？」

「先刻と同様の気配が」

闇のなかから、五、六人の武士たちが現われた。

提灯の明かりが灯り、それは根岸に向けられた。

「これは、南町奉行の根岸肥前守さま」

「お目付衆かな？」

「目付の愛坂桃太郎《あいさかももたろう》と朝比奈留三郎《あさひなとめさぶろう》にございます」

二人が頭を下げた。

周囲に数人の男たちがいるが、目付の家来だろう。

目付衆とは、評定所の会議でいっしょになることもある。が、席が遠く、数も多いので、名前までは覚え切れていない。ただ、うっすらと見覚えはあった。

二人とも若い目付である。三十になったかどうかといったところだろう。だが、身のこなしといい、目配りといい、かなりやり手の目付であることが窺えた。

「高尾豊福を探っておられるのかな？」

と、根岸が訊いた。

「そうです」

「目付衆は動いておらぬと聞いたがな」

「まだ、正式に上司に報告しておりませんので。ですが、ひと月ほど前から気になる動きがありまして」

「なるほど」

「町方も動いておられるのですか？」

「わしらは白金のかどわかしを追ううち、ここに辿り着いた」

「そうでしたか。ただ、申し訳ありませんが、この先はわれら目付におまかせいただきたい」

「それは……」

根岸は返事を濁した。手柄を惜しむのではない。気になるのは坂巻のことである。

「ここは品川で町奉行所の管轄の外。しかも、狙いをつけているのは、町人ではなく旗本ですし、本陣も関わっています。むしろ町方では、後が面倒になるかと」

若い目付は遠慮がちに、だが、譲れないという調子で言った。

「そうじゃな。ただ、一つ気がかりがあってな。もしや、目付衆は女忍びを探索にお使いかな？」

根岸が、坂巻をちらりと見てから訊いた。

愛坂という目付はすぐに察したらしく、

「おゆうと申す女のことで？」

と、訊いた。

「さよう」

「あれは、わたしどもというより、ここの町役人が頼んだ女です」

「ははあ」

「その筋の仕事は経験があるらしく、たいした腕と度胸でして。われらも頼みにしているほどです」

「そうなのか」

「この数日、まったく連絡が取れていません」

「なんと」

「そういえば、最後に、妙なことを言っておりました」

「妙なこと？」

「根岸さまに伝えてくれ、わたしたちは……たしかアマソウネンになると」

「アマソウネン……」

根岸もこれには驚いた。

十一

根岸は、あとは目付にまかせると約束した。

ただ、坂巻を指し、

「わしの家来だが、おゆうとは将来を誓った仲でな。ここでおゆうの無事を見届けることはお許し願いたい」

と、言った。

「そうでしたか。それは承知しました。では、われらは向こうで見張りをつづけます」

目付衆はそう言って、久慈屋のほうへ消えた。

根岸も江戸にもどるので舟に乗り込みながら、

「坂巻。おゆうは『耳袋』を読んだことがあるのか？」

と、訊いた。

「いえ、わたしから貸したことはありません。ですが」

と、坂巻は気まずそうにした。

「なんだ?」

「御前がお書きになっているという話はしていました。余計なことを話しまして申し訳ありません」

だが、根岸はまるで気を悪くしたようすもなく、

「なるほど。おゆうにアマソウネンの話は?」

と、訊いた。

「したかもしれません。異国にも凄い女がいるらしいというので」

「そうか」

根岸はうなずいた。

アマソウネンについて、根岸は『耳袋』に次のように記していた。

南アメリカ州のなかに、アマソウネンというところがある。アマソウネンとは、天の川のことだとも。

ここに、女だけが住む山がある。一年に一度だけ、男と逢う。そのほかのときに

男が来ても、竹槍で侵入を防ぎ、けっして入ることはできない。

「これは、漢土で言い伝えている七夕のことではないか」

と、オランダ通詞が語ったという。長崎に行って来た人から聞いた話である。

以前、坂巻はこの話を読み、

「七夕とはどういうことでしょう?」

と、根岸に訊いたことがあった。

「わしもはっきりとはわからぬが、もともと唐土にも七月七日を祝う風習はあったそうだ。それがわが国に伝わったとき、元からあるたなばた姫の言い伝えといっしょになり、いまあるような話になったらしい」

「ははあ」

「では、唐土では七月七日をどう祝うかというと、なにせ広い国だから各地にさまざまな祝い方がある。そのなかに、男を入れず、女だけで祭りを行うところがあり、オランダ通詞はそれと同じようなものと思ったらしい」

「女だけで、ですか」

「ただ、わしがほかのところで聞いた話では、アマソン川という大河の上流に村があり、そこには女しかいない。しかも、そこの女たちは皆、武術の達人らしい」

「へえ」

「男が攻めて屈服させようとするが、いつも負け戦になるのだそうだ」

「それは面白い話ですね」

坂巻は感心し、それをなにかの折りにおゆうに話したのだった。

「そうか。アマソウネンか」

と、根岸は手を打った。

「なんでしょう、御前？」

「いまの筋書を書いているのはおゆうかもしれぬな」

「え？」

「いや、最初から考えていたわけではないだろう。だが、娘たちが皆、武術に自信があることを知り、筋書が変わったのかもしれぬ」

「どうなるのでしょう？」

「坂巻、おゆうを信じろ」

「なんと……」

根岸は唖然としている坂巻を残し、舟を出すよう命じた。

十一

あたりは静まり返っている。目付衆がどこに潜んでいるのかもわからない。宿屋や遊郭の灯も消え始めた。

拍子木が鳴った。

おそらく遊郭の引け時を告げる合図なのだ。坂巻は宮尾から話を聞いたことがある。なんとも言えぬ哀愁があるのだと、宮尾は言っていた。

――ん？

沖のほうで、明かりが揺れるのが見えた。

すると、舟を漕ぎ出すような音がした。

目を細めて周囲を見やる。

やはり、暗い。新月の夜は、町の明かりが消えれば真っ暗な闇となる。

坂巻は耳を澄ました。

久慈屋の、海に面したほうから聞こえている。舟が出たのだ。

「では、頼んだぞ」

囁くような声がした。

「どこへ行くのです？」

怯えたような女の声。それはおゆうの声だった。

だが、怯えたようにしているのは、おゆうの芝居だともわかった。ほんとに怖いとき、おゆうは言葉など出さない。

坂巻はためらわず海に入った。

もちろん舟など使わない。泳ぐのである。それならまず、つけていることは察知されない。

波は高く、海の水は冷たかった。しかも、坂巻は二刀を差している。これが水のなかではぐんと重みを増すのだ。

ただ、海に入る前、砂浜にあった流木を摑んでいた。それまで腰をかけていたのだ。これが素晴らしく役に立った。腹の下に当てることで泳ぎを楽にしてくれた。この流木がなかったら、坂巻は追いつくことが難しかったかもしれない。

どれくらい沖へ行ったか。

大きな船が見えて来た。甲板で松明《たいまつ》が振られているのだが、その位置が途方もなく高いところにある。おそらくわが国の船ではない。

小舟は船の下に着き、

「おーい、縄梯子《なわばしご》を下ろしてくれ」

と、船頭が叫んだ。

甲板の男が松明で小舟を照らし、縄梯子を下ろした。

「ほら、おめえからだ」

まずおゆうが上がって行った。ほかの四人にもためらいがなかった。

「よおし、いい娘たちだ。異国じゃ可愛がってもらえよ」

小舟の船頭はそう言って、船から離れて行こうとした。

坂巻はそっと近づき、小舟に手をかけ、いっきに這い上がった。

「なんだ？」

騒ごうとした船頭を、坂巻は一太刀で斬った。ここは致し方ない。

それから縄梯子に取りつき、攀じ登った。

甲板に出ると、すでに戦闘が始まっていた。

「なんだ、こいつらは？」

という慌てふためいた声に混じって、まるで聞き取れない言葉もあった。

女たちはほとんど武器も持っていなかった。

ただ、おゆうが短刀を、もう一人の娘は小舟にあったものを掠《かす》めたらしい釣り竿を手にしていた。

おゆうが殴りかかって来た相手のこぶしをなんなくかわし、

「たぁっ」

と、短刀を突き入れた。

素手の娘たちも怯えた気配はない。

「えい」

大きな男を、若い娘が腕を取って放り投げるのが見えた。見事なものだった。

だが、敵はかなりの数だった。

叫び声とともに、敵は船のなかから次々に現われた。

水夫もいるから二十人では利かない。

武士も出て来た。

「おゆうさん。武士はわたしが相手だ」

坂巻が後ろから声をかけた。

「坂巻さま」

挨拶はあとだとばかり、坂巻は先頭にいた武士に斬りかかった。

遠慮はしない。

一太刀で倒し、

「こやつの刀を」

と、おゆうに言った。

武士はいずれも一本差しだったので、娘たち全部に刀を渡すには、あと四人の武士を倒さなければならない。

だが、坂巻にはそう難しくはなかった。

いざ、娘たちに刀が渡ると、あとは楽なものだった。

「おい、全員を斬ってはいかんぞ。船を動かせるやつがいなくなる」

坂巻は勢いづいた娘たちを止めなければならなかった。


大きな船なので暗いところで動かしては座礁の心配がある。

このまま朝まで待つことにした。

そのあいだ、坂巻はおゆうの話を聞いた。

「以前、お世話になった品川の町役人に、久慈屋のことを探ってくれと頼まれたのです」

おゆうは、坂巻の問いに答えて言った。

「白金の娘たちをさらったりしていたのは？」

「久慈屋の連中です。手代たちのほかに、女中も一人、手伝っています。女中が池のなかで水中花を見せ、もっときれいなものがあると久慈屋の隠し部屋へ連れて来ていました。もっとも、この娘たちは怪しいと思いつつ、わざとついて来ていたのですよ」

「おゆうさんはどうやって？」

「わたしは、ただの女中として潜り込んでいたので、最後はわざと捕まるようにして、この娘たちといっしょにいたのです」

「そういうことか」

「ほんとはもっと早く、坂巻さまか目付衆にまかせるつもりだったのです。船に乗るところまでは、この娘たちのためにもさせないほうがいいだろうと思いましたし。ただ、だんだん見張りが厳しくなり、数日前に近くにいたお目付に、町奉行の根岸さまにわたしたちはアマソウネンになると伝えてくれと頼んだのです。それでわかってもらえると思いまして」

「それは聞いた」

「まったく、恐れ知らずの娘たちですよ」

おゆうはそう言って、晴れ晴れとした顔の娘たちを見たが、

「おゆうさんにはかないませんよ」

「ほんと、あたしたちもまだまだ修業しなくちゃ」

娘たちのほうは嬉しそうにそう言った。

どうやら、おゆうと娘たちのあいだには、信頼が生まれていたらしかった。

「おゆうさんが抱えていた面倒ごとというのは？」

「すべて解決しました」

「では、江戸に？」

「もどるつもりです。ご心配をおかけしました」

おゆうはそう言って、坂巻に向かって頭をさげた。

十三

根岸が評定所に呼ばれたのは、翌日の夕方になってからである。

すでに目付衆が、高尾豊福と久慈屋を捕らえ、娘たちは親元にもどしてやっていた。ただ、高尾はなかなかしぶといところがあり、よければ尋問を手伝って欲しいとの依頼だった。

むろん根岸は急いで評定所に向かった。

高尾豊福は根岸を見て、

「これは南のお奉行どの」

と、嬉しそうに言った。

「どこかで会っていたかな?」

「いえ、『耳袋』を愛読しており、奉行所の前でお顔を拝見したことも」

「さようか。では、訊ねるが、金髪の女はそなたが呼んだのだな?」

「いろいろ学びたいことがありましてね」

高尾は素直にうなずいた。

「だが、死んでしまったではないか」

「あれは予期せぬ事故ですよ。騙されて連れて来られ、逃げようとしたのでしょう。わたしの与《あずか》り知らぬことです」

「なにが与り知らぬだ。そなたは、異国の女を金で買おうとした。そのかわりに、幾人もの娘を売り飛ばそうとしたではないか」

　根岸はさすがにムッとして言った。

「売り飛ばすなどということはありませぬ。金髪碧眼の女と、黒髪の乙女を交換しようとしただけです。四人になったのにはわけがありまして、最初、一人をさらうつもりが、いっしょにいたので二人さらってしまった。すると、その二人を追うようにもう二人がやって来たので、四人になってしまったのです。

しかも、あの娘たちは、楚々とした大和撫子《やまとなでしこ》という柄ではない。やけに肝の据わった男みたいな娘たちだった。それで、あいつらは帰して、もう一人連れて来いと」

「それが、池で亡くなった娘だったのか」

「あれも事故ですよ。わたしは誰も殺そうなどとはしていない」

　高尾豊福は、ふてぶてしい口調で言った。

「まだ、訊ねなければならぬことがある。これはなんのつもりだ？」

根岸は、おゆうが坂巻のところに持って来た図案を見せた。

「ああ、それは長崎にも来ている東インド会社のワッヘンに、江戸という意味をつけ足したのです。上に書いてあるのは、Eといって江戸の頭文字ですよ。この国と異国との取り引きはわたしがすべて請け負うつもりだったので」

「ずいぶんだいそれたことを考えたものだな」

「やってみれば、そうでもないのですよ」

「だが、そなたと久慈屋だけで、わが国を代表するつもりでいたのか？」

根岸は呆れて訊いた。

「幕府の役人など、何人いても無駄ですぞ」

「……」

「あんな連中よりわたしのほうが、はるかに西洋の事情に通じている。この国は、ただ門を閉ざしているだけで、外の事情をまったく知ろうとはしない。そのうち、ひどい目に遭って目を覚ますのだろうが、それでは遅い」

いちおう国を思う気持ちはあるらしい。だが、こういう男がいざことをしでかすと危ないのだ。

「だが、大言壮語《たいげんそうご》するわりには、女の裸のからくり時計とか、たいしたものは仕入れておらぬな」

根岸はからかうように言った。

「あれは、友人の旗本から頼まれただけですよ。間違って〈長崎屋〉に渡してしまいましたが」

「ところでそなた、怪しい嗜好の持ち主らしいな」

「なにが怪しいのです？」

「ウサギや鳥はもとより、金魚や犬猫まで食するというではないか」

「よくご存じで。はっはっは、あれは本を書くためにしていること」

「本だと」

「日本人の不気味な食欲を大げさに書こうと思い、それで金魚や猫を食っていたのですよ。それを蘭語に翻訳してもらい、世界の人たちに読んでもらおうと思いましてな」

「なんのために、そんな薄気味悪い本を書き、読ませたいのだ？」

「ですから、近いうちにオロシャやエゲレスなどの国々が、わが国に攻めて来るに違いないのですよ。だが、わが国は、国を閉ざし、そうした脅威を見て見ぬふりをしている。

　そうした態度を、オロシャやエゲレスはおそらく馬鹿にしている。じっさい、馬鹿にされても仕方がないほど、この国は遅れているのです。

では、危急の策をどうしたらいいのか。この国の人間は、気味が悪い、と思わせるのがよいと、わたしは思ったのです」

「ほう」

「日本の民は不気味である。こいつらはなにをするかわからない——そういう気持ちを植え付けておけば、近づくのをためらうだろう。もちろん、国を開いていれば、そんなことは嘘だとすぐに明らかになる。だが、わが国は鎖国をしている謎の国です。だからこそ、この戦略は生きて来るはずなのです」

「本気らしいな？」

「当たり前でしょう。長崎でオランダ人からいろんな話を聞いてみたらいい。幕府の無策ぶりに唖然といたしますぞ」

「……」

根岸もそれにはうなずく部分もある。

それにしても、奇矯な男だった。

十四

根岸の私邸におゆうが来ていた。

おゆうの隣には坂巻がいて、ほかに栗田と宮尾もいた。椀田は深川で押し込みがあったらしく、そっちに駆けつけていて不在だった。

おゆうが礼と詫びを根岸に告げると、根岸は微笑み、

「いや、無事でよかった。それより、今宵は坂巻とおゆうの祝言《しゅうげん》としよう」

と、大きな声で言った。

「え」

坂巻が目を見開いた。

おゆうがすっと俯いた。

台所のほうでは女中たちがざわつき、そっと耳打ちしあいながら集まり出していた。

「なんだ、不服か？」

根岸は訊いた。

「いいえ、わたしは」

坂巻は上気した顔で首を振った。

「おゆうはどうじゃ？」

「不服だなどと」

「では、決まりだ。おさだ、固めの盃を用意してくれ。いまから祝言だ」

女中頭のおさだに声をかけた。

「かしこまりました」

おさだがそう言うと、

「坂巻さま。おめでとうございます」

「よかったですね」

と、女中たちから声が飛んだ。

祝言といっても、派手なものではない。祭りではない。それは約束なのである。

しかし、三々九度の儀式はいいものである。

根岸は、「高砂《たかさご》や」とうなった。

おごそかに、しかしなごやかに、坂巻とおゆうの儀式は終わった。

すると根岸は、

「坂巻は駿河台《するがだい》の屋敷にもどってもらうぞ」

と言った。

「え」

「向こうには、夫婦者が住める家があるから、ちょうどよいだろうが」

「それでは御前のお役に立てません」

坂巻は慌てたように言った。

「困ったときは来てもらうさ。だが、向こうは向こうで忙しいのだ」

「はあ」

　坂巻は複雑な気持ちである。が、おゆうと暮らせる喜びが、いまはなによりも大きいのだ。

　次に、根岸は栗田を見た。

「栗田はこれから奉行所の中核を担ってもらう男だ」

「はあ」

「だから、しばらく吟味方に行ってもらう」

「そんな、お奉行」

　栗田は不満をあらわに言った。

「なにがそんなだ。吟味方こそ奉行所の要ではないか」

「それはわかります。それはわかりますが、わたしは外回りのほうが」

「しばらくのあいだだ。吟味というものをよく学んでおけ。それがいずれ外回りのときも役に立つのだ」

「それはそうでしょうが」

「それに、そなたも、いまは早めに家に帰ってやれ。赤子はあっという間に大きくなってしまう。存分に可愛がってやれ」

「ああ」

確かに栗田はそう思うことがしばしばだった。

双子は可愛い盛りなのである。もっと遊んでやりたいと思っても、なにか事件が起きればそれどころではなかった。だが、吟味方であれば、夜中に呼び出されたり、帰れなかったりすることはないのである。

「でも、お奉行が動かせる手駒に不足するのでは？」

内心、自分ほど根岸の役に立つ男も、そうはいないという自負がある。

「なあに、椀田と宮尾に頑張ってもらうさ。それに……」

どうやら根岸には当てがあるらしかった。

本書の無断複写は著作権法上での例外を除き禁じられています。
また、私的使用以外のいかなる電子的複製行為も一切認められておりません。

文春文庫

耳袋《みみぶくろ》秘帖《ひちょう》　白金南蛮娘殺人事件《しろかねなんばんむすめさつじんじけん》

定価はカバーに表示してあります

2018年2月10日　第1刷

著　者　風野真知雄《かぜのまちお》

発行者　飯窪成幸

発行所　株式会社 文藝春秋

東京都千代田区紀尾井町 3-23　〒102-8008
TEL 03・3265・1211㈹
文藝春秋ホームページ　http://www.bunshun.co.jp

落丁、乱丁本は、お手数ですが小社製作部宛お送り下さい。送料小社負担でお取替致します。

印刷製本・凸版印刷

Printed in Japan
ISBN978-4-16-790982-6